dear+ novel
iede koishicha damedesuka

家で恋しちゃ駄目ですか

桜木知沙子

新書館ディアプラス文庫

家で恋しちゃ駄目ですか

contents

illustration : キタハラリイ

家で恋しちゃ駄目ですか

Iede Koisicha Damedesuka

茶の間の襖《ふすま》を開けた凜太《りんた》は、三秒後、深い息を吐き出した。

カーテンが引かれたままの畳《たたみ》敷《じ》きの八畳間に一八二センチと一七三センチの男がふたり、服を着たままごろりと寝転んでいる。ビールの缶やつまみの皿、スナック菓子の空《あ》き袋が、テーブルばかりか床にまで所狭《せま》しと広げられていた。

忍《しのぶ》が来るかもしれないと慶舟《けいしゅう》から聞いていたから、こうなることは予想していた。けれどいざ目《ま》の当たりにするとやはり疲れが押し寄せる。何しろこのふたりはいつも散らかすだけ散らかして、決して後始末はしないのだ。……となれば片付けるのは自分しかいない。

「──慶舟さん、忍さん、起きて。もう昼」

ひとつ息を吸い込んで、己《おのれ》に活を入れてからカーテンを開ける。差し込む日差しにか、それとも凜太の声にか、慶舟と忍がわずかに眉《まゆ》を寄せた。

「ほら、起きようよ。部屋の中酒臭《くさ》いから窓開けたいんだけど。寒くなりますよー」

「……もう少し待て──」

地を這《は》うような声が慶舟の唇からこぼれる。札幌《さっぽろ》の九月半《なか》ば、朝晩はすっかり冷え込む時期だというのにふたりとも毛布もかけていなかった。眠るつもりもなく眠ってしまったのだろう、慶舟は眼鏡《めがね》をかけたままだ。

「だらだらしてたらあっという間に夕方だよ。休みなのにもったいない」

「……十九歳にはわからないかもしれないけどな、大人になればだらだら過ごすのが休みの醍《だい》醐味《ごみ》になるんだよ」

寝起きの悪い慶舟が不機嫌そうに返してくるのをさらっと無視し、凛太は片付けを始めることにした。うがいと手洗いをして、冷蔵庫に母が持たせてくれた惣菜類《そうざいるい》をしまい込む。そうこうしているうちに忍がのろのろと体を起こした。

「……凛ちゃん、おはよー」

細い顎《あご》を掻《か》き、忍がぼやけた笑顔を浮かべてハイタッチしてきた。おはようございます、と凛太が元気に挨拶《あいさつ》を返す。

「顔洗って歯磨《みが》いてきてください。梨貫《なしもら》ってきたから食べましょう。さっぱりしますよ」

うん、と忍が寝ぼけ顔で頷き、伸びをしながら洗面所に向かう。半分眠っていそうなすらりとした後ろ姿を苦笑で見送り、凛太はまだ寝転がっている慶舟にもう一度呼びかけた。

「慶舟さん、そこに寝てられたら片付けられない。食べたかったら起きてください。食べますか、食べませんか」

食器やグラスを台所に運んで凛太が問うと、食う、と慶舟がのっそりと身を起こした。梨は慶舟の好物なのだ。

「あー、だる……」

「昨日遅かったの？」

「……最後に時計を見たときは四時だった」

慶舟の言葉に、ははは、と凜太が力なく笑う。慶舟も忍も酒を飲んだら底なしで、それがふたりが親しくなった要因のひとつらしい。そんなザルなふたりが飲んでいたのだから、訊《き》くまでもない質問だった。

「凜太も来年になったら朝まで付き合えよ」

「いや、それは無理」

このふたりに合わせて飲んでいたら間違いなく倒れてしまう。及び腰になった凜太に、慶舟は冗談だとからかうように鼻で笑った。

「論文は？　終わった？」

こうして飲んでいるのだから無事書き上がったのだろうと思いつつ尋ねてみると、おかげさまで、と慶舟が答えた。お疲れさま、と凜太もほっとして返した。

「終わったと思った途端に、見てたみたいなタイミングで忍が来て。なんとなく気が緩《ゆる》んで飲み過ぎた」

まだすっきりしないのか、慶舟は眉間《みけん》に皺《しわ》を寄せ、気怠《けだる》そうにあくびをした。広い背中を丸めて頬杖《ほおづえ》をつく姿に、凜太は我知らず視線を引き寄せられた——もう半年一緒に暮らしているのだから、慶舟の姿に見慣れていいはずなのに。容姿に秀《ひい》でた人間は、どんな表情や格好でも様になると凜太に身をもって教えたのは慶舟だ。

大人の男ならではの、乾きと艶《つや》が絶妙に混ざり合った色気を出し惜しみせずに全身から漂《ただよ》わせている。職業は女子大の英語講師で、こんな講師に教わって、学生たちはちゃんと講義の中身が頭に入ってくるのだろうかと、凜太は他人事《ひとごと》ながらいつも心配になってしまうのだ。

「――凜太？」

怪訝そうに慶舟が呟いたのと同時に玄関から呼び鈴が鳴り響き、凜太ははっと現実に引き戻された。

「おれ出るよ。慶舟さん、顔洗ってきたら？」

若干《じゃっかん》引きつり気味の笑みを浮かべ、凜太がさっと立ち上がった。

（……ヤバいだろ、しっかりしろよ）

心の中で頬をビシバシ叩き、自らを叱《しか》りつける。こんな気持ちは一グラムたりとももらす訳にいかないのに。

凜太が玄関に向かうと、引き戸ががらりと開けられた。一七五センチある凜太より十センチ背の高い男が立っていた。

「亮介《りょうすけ》さん」

予想通りの人物を認め、凜太が頬を緩めた。亮介が表情を変えず、軽く手を上げる。

「忍さん来てるんだろ？　迎えに来いって連絡入ってた」

お疲れさまと苦笑する凜太にため息で応《こた》えて亮介は家に上がった。

「こっちは夜勤明けだってのに、なんで酔《よ》っ払いの後始末まで……」

亮介がぼやきながら茶の間に入ると、ちょうど忍が洗面所から戻ってきたところだった。

「あ、亮介。お疲れー」

首にタオルをかけ、ミネラルウォーターを飲みつつ呑気《のんき》に笑って出迎えた忍に、亮介が呆《あき》れ混じりの目を向ける。

「疲れてるだろうと思うなら呼び出すな。十五分もかからないんだから、歩いて帰れよ」

「えー、疲れてるときにおれの顔見たら元気出るかと思って」

「出るか」

「じゃあラブラブ友情パワー注入してあげるよ」

「いらん。それよりまた飲むだけ飲んでそのままにして――」

片付ける凜太を見やり、亮介が眉間に皺を寄せる。

「いや、もうこういうものだと」

冷静に凜太が呟いたら、だよね、と忍が凜太の背中に楽しげにのしかかってきた。急なことでバランスを崩しそうになり、わ、と凜太が声を上げた。それを見て、亮介が深々と息を吐く。

「散らかした人間が片付けるのが当たり前だろ。凜太は昨日いなかったんじゃないのか？　なのにどうしてその凜太が片付けなきゃならないんだよ」

「ごめんね凜ちゃん、ダメな大人で」

てへっと首を傾けて謝る忍は、三十路《みそじ》を過ぎた男とは思えない可愛《かわい》らしさを持ち合わせている代わりに、後片付けをしようという責任感は持っていない。お坊ちゃまとして生まれ育った忍は、自他ともに認める「ダメ大人」らしく、悪気はない忍の性格を半年間の付き合いで摑んだこともあって、凜太は忍には、散らかしたものは自分で片付けるという一般的な常識を求めてはいなかった。

茶の間に座りテレビをつけた忍に、亮介が諦《あきら》めたように肩を落とし、ゴミ袋を手に取った。

「亮介、ありがと。ごめんねー」

水を飲み、のんびりと礼を言った忍を無視して、亮介が手早く空き缶を集めていく。

「いいよ亮介さん、疲れてるでしょう」

凜太が止めると、大丈夫だ、と亮介が口を開いた。

「ひとりで片付けるの大変だろ。あいつらはまるきり当てにならないし」

「誰が当てにならないって?」

むっとした声が響き、亮介がゆっくり振り返る。すっかり覚醒《かくせい》したらしい慶舟が、しゃっきりした面持《おもも》ちで立っていた。

「北邑《きたむら》慶舟三十一歳と笹野《ささの》忍三十三歳」

ちらっと慶舟を見やり、いつも通り淡々とした口ぶりで答えた亮介に、亮介ってば、と忍から抗議の声が上がる。

「年の話は禁句」

まるでそうと思っていない表情で諌《いさ》める忍をあっさりスルーして、亮介は黙々とゴミを袋に放り込む。亮介も自分同様、ふたりに後片付けを期待したりはしていないらしいことは凜太もわかっている。もう十年以上——慶舟とは高校時代の同級生で、忍は慶舟を通して大学のころからの付き合いだというから、それぞれの性格を熟知《じゅくち》しているのだろう。精悍《せいかん》な顔立ちに加えて言葉数も少ないせいで一見怖そうにみえるが、亮介は面倒見も良く、さりげなく優しい。

ここは自分がやるからと言ってくれた亮介の言葉に甘え、凜太は台所へ行き、食器を洗うことにした。皿洗いは子供のころから凜太の役割だったから慣れている。生まれたときから母とふたりの生活だったので、大体の家事能力はおのずと身についていた。

茶の間の掃除が終わり、食器類もあらかた洗い終わろうとしたところ、台所に来た慶舟に問われ、え、と凜太が目を見開いた。

「梨、冷蔵庫か?」

「慶舟さん、剝《む》いてくれるの?」

「片付けが終わるのを待ってたら日が暮れる」

「それだけ散らかしたのは誰」

さあな、ととぼけた顔をして慶舟が冷蔵庫から入れたばかりの梨を出す。そんな言い方をして、実は凜太の仕事を引き受けてくれただけだとわかる。凜太はちいさく笑い、グラスを濯《すす》いだ。

今年の春、凜太の大学入学から始まった、慶舟の家での生活にもすっかり慣れた――戸建てで近隣への騒音をあまり気にしなくていい気楽さからか、忍と亮介が時たまひとりだったりふたりだったりで酒持参でやって来ては泊まっていくことにも。大学のころからそんなふうにして過ごしているらしく、それぞれ仕事で忙しい年代になった今も学生時代の友情が続いているというのは、凜太にとってある意味羨《うらや》ましくもあった。凜太もそれなりに友達はいるけれど、大学卒業後もここまで密に付き合っていけるかどうか自信はない。

「――それでどうだった、向こうは？」

やわらかな声で不意に訊《き》かれ、凜太は隣で梨を剝く慶舟にふっと視線を向けた。

「いつも通りだったよ」

そうかと頷いた慶舟に、凜太は苦笑いで続けた。

「常備菜にしなさいって、きんぴらとかひじきの煮物とかまたいろいろ持たされたけど、慶舟さん、そろそろ飽《あ》きてない？」

おずおず尋ねた凜太を見て、全然、とむしろ意外そうに慶舟が首を振る。

「飽きないもんだろ、家庭料理ってのは」

おだやかに呟く慶舟の横顔はどこか優しい。凜太も微笑《ほほえ》みながら言った。

「母さんもお義父《とう》さんも、今度は慶舟さんも一緒にって言ってた」

「無理だな。鼻の下伸ばしてる兄貴の顔見たら絶対吹き出しそうだし」

確かに、と凜太が皿を拭《ふ》いて同意する。

「今回も結構伸びてたかな。でもそれだけ母さんが幸せってことだから、おれは有《あ》り難《がた》いけど」

のんびり凜太が声にすると、わずかに間をおいて、だな、と慶舟もちいさく頷いた。

――こうして慶舟と身内としての会話をするようになるだなんて、あのころは思ってもいなかった。人の縁というのは本当にわからない――ぴかぴかに輝くグラスの水滴を拭《ぬぐ》い、凜太は記憶のページを繰り始めた。

＊

初めて慶舟に出会ったのは三年と少し前、凜太が高校に入学して間もない五月の後半だ。

その当時、母の桃子《ももこ》が勤めていた会社が突然倒産し、職を失った。もともと財布に余裕がある家庭ではなかったから、少しでも家計を助けるために、凜太は新聞配達のアルバイトをすることにした。

幸い販売所のスタッフは皆いい人たちだったし、家の近くの区域を担当することが出来たものの、薄暗いうちに起きて、眠気と格闘《かくとう》しながら雨の日も風の日も自転車に乗って新聞を配達するというのは、正直予想以上にきつい仕事だった。それでも頑張れたのは、慶舟がいたからだ。

配達先に、住宅街の中の古い一軒家《いっけんや》――昭和レトロとでも言えば聞こえはいいのかもしれないが、相当な築年数が窺《うかが》える木造の平屋建てがあった。壁は板張り、窓は木枠《きわく》、トタン屋根はペンキが剝《は》げている。表札には「北邑《きたむら》」と苗字だけが記されていた。建物と一緒に年を取った老夫婦が住んでいるんだろうかと凜太がぼんやり想像していたその家の住人とばったり出くわしたのは、配達を始めて半月ほど経《た》ったころだ。

そこは配達ルートの最後の家で、今日も無事に終わったという安堵《あんど》とともに新聞を新聞受けに入れようとしたとき、タクシーが静かに家の脇で停まった。薄明るくなっているとは言ってもまだ早朝、配達中はほとんど人に会うことがないから、思わずビクッとしてしまった凜太の視界に、車から降りた三十歳前後の男性の姿が映《うつ》った。

洒落《しゃれ》たスーツが板についた長身で、すらりとした体軀《たいく》を裏切らない端整な顔立ち。その男ぶりについ目を奪われた凜太を見て、ご苦労さま、と彼が手を差し出してきた。こんなひとが「北邑さん」だったんだ――まったく予想外の人物に驚きつつ、ぼんやりと凜太がその手を握り返すと、一拍おいて彼が吹き出した。

「……え――？」

思いがけない反応にきょとんとした凜太を細めた目で見やり、新聞、と彼が笑った。

「――あ！」

自分の盛大な勘違いに気付いた瞬間、体中から火が噴き出すかと思った。どこの誰が新聞配達の少年に握手を求めるというのだ――地球の裏側まで穴を掘って隠れたい気持ちになった凜太に、心底から楽しげな声が向けられた。

「……ああ、今夜は間違いなくぐっすり眠れる。ありがとう」

うつむいたまま凜太が手渡した新聞を受け取り、彼はおかしそうに呟いた。ありがとうございます、と凜太は消え入りたい気分で返し、一礼して自転車に跨《またが》った。

そんな笑うしかない出会いのあと、北邑家の住人、北邑慶舟と配達時に顔を合わせるようになった。夏に向かう時季だったからか、郵便受けそばの部屋の窓が開いていて、そこから慶舟が新聞を受け取ってくれたり、早朝の散歩に出る慶舟と販売店まで戻る道を一緒に歩いたり、凜太に飲み物を差し入れてくれたり――秋の始まりのころには、窓から顔を出す慶舟に新聞を手渡しするのが当たり前になっていた。

最後の一軒ということもあり、短い話をするようになって、慶舟との距離が徐々に縮んでいった。そこが朝と夜の境の、自分たちのほかには誰もいないような静かな世界に感じられたからかもしれない。

そんな中で、近くのアパートで母とふたりで暮らしていること、父親の顔は知らないことなどの家庭環境にまつわる事柄《ことがら》から、前の日にあった友達との他愛《たわい》もないやり取りまで、慶舟は何でも話を聞いてくれた。

慶舟からはいつもさほど大きなリアクションはなくて、もしかしたら大人だから、高校生のつまらない話を断ち切ることが出来ず、ただ聞き流しているんじゃないかと思ったこともあった。

けれど凜太が言葉に迷うとちゃんと続く言葉を向けてくれたり、時には笑ってくれたりして、実は反応が大きくないだけで、こちらの話に関心を持ってくれているらしいということに気がついた。数ヵ月後、もっと親しくなってから慶舟にそのことを話したら、義務もないのに面白《おもしろ》くない話に付き合うほど暇じゃないと言われて、それもそうかと妙に納得しつつ、嬉しくもなった——自分との会話をいくらかでも楽しいものと思ってくれていたのだと。

慶舟も自身のことについて、ぽつぽつと話してくれた。

今春から市内の女子大で英語の講師をしていること。家は以前伯父《おじ》夫婦が住んでいたものを譲《ゆず》り受けて、大学時代から住んでいること。ごく最近朝型生活を始めて、四時半過ぎに起きていること。昔からの付き合いの友人がふたり、時折家に飲みにやってくること。実家は旭川《あさひかわ》、年の離れた独身の兄がいて、苫小牧《とまこまい》で働いていること。

桃子の出身も旭川というちいさな共通点を足がかりに、慶舟に関することを知れば知るだけ、慶舟への親近感が増した。どこか飄々《ひょうひょう》としていて、良くも悪くも適度に力と手を抜いて人生を送っている風情《ふぜい》があって、クールでちょっと皮肉屋で、でも思いやりがあるひと。そんな慶舟に会うのが、日ごと楽しみになっていった。どしゃ降りの朝も、冬の訪れを痛感させられる初雪の日も、慶舟に会えるかもしれないと思うと苦にならずに起きられた。

幸い桃子はそう間を置かずに次の仕事がみつかって、新聞配達を辞めても大丈夫だと言ってくれた。けれどバイトを辞めたら慶舟との接点はゼロになる。あくまで新聞配達員と客というつながりがあるから顔を合わせられるのであって、それがなくなってしまえば、偶然どこかですれ違うくらいしか会うチャンスがない。それは嫌だった――離れるのは寂しいと、これで縁を失《な》くしたくないと思った。

まるで慶舟に恋でもしているようだとおかしくなるほどに、慶舟といる時間は楽しかった。高校生と大学講師、立場も年もまったく違っているのに、なぜか慶舟のそばは居心地が良くて、心が弾《はず》んだ。年の離れた友人のようでもあり、兄がいたらこんなふうだったんだろうかと思ったりもした。

そうして年が明けた冬休みの最中、思いがけないことが起きた。

雪が降る中、夜明け前の道を自転車で慎重《しんちょう》に走り、最後の一軒である慶舟の家が近づくと、普段静かな辺りから物音が聞こえてきた。

どうしたんだろう、早めにゴミでも出すんだろうかと思いながら、自転車を停めたときだった。凜太の体が固まった。慶舟の家の玄関の前にふたつの人影が見えた――ふたりはキスをしていた。

その瞬間、こちらを向いていた慶舟と目が合った。凜太ははっと我に返り、うつむいてざくざくと雪をかき分け、新聞受けに向かった。新聞を差し込み、急いで自転車に跨がった。自分を呼ぶ慶舟の声が聞こえたものの、振り返らなかった。

鏡を見なくても顔が真っ赤になっているのがわかった。心臓がばくばくと爆《は》ぜ、頭の中は地面と同じくらい真っ白になって混乱していた。——なんで。無意識に声がこぼれた。販売所に戻り、アパートに着くまでに三度転んだけれど、痛みはまるで感じなかった。家に帰ると布団の中に潜《もぐ》り込んだ。

……慶舟がキスをしていた相手。年代も顔もまるでわからない。ただわかったのは、男だということだけ。

——どういうことなんだ、慶舟はゲイだったのか、あの人と付き合っているのか。ぐるぐると疑問が渦《うず》を巻いた。

恋人がいるなんて聞いていなかった。クリスマスはひとりだったと言っていたのに、あの言葉は嘘だったのか。それともゲイだから——同性の恋人がいることを隠すためにそう言ったのか。

ただショックだったし、もやもやしていた。どうしてなのかはわからない。慶舟の恋愛対象が同性だからなのかもしれないし、恋人がいることを教えてもらえなかったからかもしれない。いつの間にか慶舟のことは何でも知っているつもりになっていたのに、そうじゃなかったからか。

慶舟が自分に事実を話す必要がないこともわかっている——それこそバイトを辞めてしまえ

ばそれで切れてしまうような縁なのだ。まして性的指向は簡単に口に出来ることではないだろうとも思う。

頭では理解できるそんなことが、心ではなぜか理解できなかった。胸の中がざわざわしてたまらなかった。怒りとも苛立《いらだ》ちとも悔《くや》しさとも嫌悪とも似ているようでどこか違う、今までに味わったことのない思いが心の中に広がっていた。ふと気がつけば頭のスクリーンには朝の場面が映《うつ》し出されていて、そのたび胃が絞《しぼ》られるような感覚と、体の芯が疼《うず》くような感覚を味わわされた。

あのあと――キスのあとはどうしたんだろう。セックスしたんだろうか、それとも行為の後のキスだったんだろうか。ぼんやりとそんなことを考えたら、体がじんわり熱くなった。同時に、あの唇に触れられたのが自分だったらと思った。――あの唇に触れたら、どんな感じがするんだろう。その途端、脳内スクリーンでは自分と慶舟がくちづける場面が大映しになり、凜太は慌ててそれを打ち消した。

「どうなってんだ……」

これ以上考えたら不埒《ふらち》なことを想像してしまいそうだった。

そんなどうしようもない混乱は一晩経っても落ち着かなくて、心の整理がつかないまま翌日の配達の時間になった。普段は楽しみな道のりを自転車で走りながら、少しも心が弾まなかった。

慶舟はいつものように新聞が届くのを待っているだろうか。それとも顔を出さないだろうか。そう思いつつ訪れた北邑家だったが、慶舟は雪が降る中、厳しい面持《おもも》ちで外に立っていた。

「……どうしたんですか」

いつもは家の中にいて、外に出ていることはない。思いがけない出来事に呆然《ぼうぜん》とする凛太に慶舟は生真面目《きまじめ》な表情を向け、話をしたいと切り出してきた。拒《こば》む言葉も浮かばず、その日の昼に駅前のファストフードの店で会うことが決まった。

これが一日前に誘われていたならどれほど浮かれていたか。今誘われたのは、おそらく口止めか言い訳のため。もちろん頼まれなくても、言いふらそうとは思っていなかった。

沈《しず》む心を抱《かか》えて訪れた、昼時の賑わう店で顔を合わせた慶舟は、いつもと同じように堂々としていた。そして凛太を真正面からみつめ、自分はゲイだとはっきりと告げた。

「隠してたわけじゃないけど、言われても困るだろうと思って黙ってた。だけどあんな形でわかることになって、申し訳なかったと思ってる。驚いただろ」

いいえ、と首を振ってはみせたものの、気持ちが揺れて答えが上滑《うわすべ》りになってしまったのが自分でもわかった。そんな凛太の思いを汲《く》んだように、慶舟がゆるく笑った。

「大丈夫だ、高校生に手は出さないから」

凛太を安心させるためなのか、からかうふうな口調で、でもまなざしは真摯《しんし》だった。

「……つまりおれは対象外っていうことですか」

確かめると、わずかな間をおいて、ああ、とはっきりと慶舟が頷いた。その瞬間、凜太の体から力が抜けそうになった。

「本当にいやな思いをさせて済まなかった。これから朝はもう顔を出さないから。最後にそれだけは言っておきたくて」

「そんな——！」

思わず大声が出た。周囲から視線が飛んできても、恥ずかしいと思う余裕もなかった。

「……これからも新聞、受け取ってください。毎朝北邑さんと話せるの、楽しみなんです」

そう口にした言葉は本心だけれど、慶舟がどう受け取ったかはわからない。凜太の配慮《はいりょ》と感じたかもしれないし、社交辞令だと思ったかもしれない。それでも慶舟は、その凜太の申し出を撥《は》ねのけはしなかった。

「——じゃあこれからも今まで通り」

そうおだやかな表情で微笑む慶舟に、ただ頷くことしか出来なかった。……気づいてしまったから。自分の心に——昨日から胸を落ち着かなくさせている理由が何なのか、わかってしまった。

高校生には手を出さないと、自分は恋愛対象にならないと慶舟に言われたとき、心が打ちのめされた。そして同時に気がついたのだ。胸をざわめかせていたのは嫉妬《しっと》なのだと。慶舟とキスをしていた相手に妬《や》いているのだと——。やけに慶舟のキスを意識したり、想像したりしてしまったのはそのせいだったのだとようやくわかった。

慶舟への親しみは、いつのまにか恋心にすり替わっていた。凜太本人にさえわからないうちに、静かに形を変えて。

なのに芽生えたばかりの恋の芽は、地表に出た途端に踏みつぶされてしまった。好きだと自覚した瞬間に、相手からノーを突き付けられた。

悲しいのか滑稽《こっけい》なのか自分でもわからなくて、でも家に帰ってから思いきり泣いた。

翌日、いつも通りの態度で慶舟に会った。それから数日、いくらかぎこちなさはあったものの、徐々にそれまでと変わらない空気に戻れた。以前と同じように凜太は慶舟に何でも話をしたし、慶舟は凜太をからかいつつちゃんと相手をしてくれた。笑顔で話をしていても凜太の心の中には冷たい風が吹きつけていたけれど、いつしかその冷たさに心が慣れてしまった。

望みのない相手のそばにいたいだなんて未練がましいと思うのに、離れることは出来なかった。特別な感情など抱《いだ》いていない顔をして、恋心を知られないようにするのに必死で、慶舟の言うこと、することが気になってたまらなかった。恋の芽は相当丈夫《じょうぶ》らしく、踏みつぶされても伸び続けていた。

そんな状態に慣れた六月——思いがけない転機が訪れたのは、新聞配達を始めて一年が過ぎたころだ。中学から乗っていた凜太の自転車が壊れ、慶舟の自転車を譲《ゆず》ってもらうことになった。慶舟が使っていたものを自分が使えるということにひそかに舞い上がりながら、お礼をしたいという桃子を伴って慶舟の家へ向かった。

予想外の出会いがあったのはそのとき――偶然訪れていた慶舟の兄、創英《そうえい》が、桃子のかつての同級生だったのだ。久しぶりの再会にふたりとも驚き、懐かしい話に花を咲かせた。

しかも桃子は慶舟のことも知っていた。創英より十歳下の慶舟は、運動会や授業参観のときにはいつも母親と一緒にやって来て、クラスのアイドル的存在だったらしい。

そんな話を聞いて落ち着いていられるわけがない。自分の最も身近な人間が慶舟とまさかそんなつながりを持っていたなんて、驚くやら羨《うらや》ましいやら興奮するやらで、凜太の心の中は大忙しだった。

数日後、慶舟から実は創英にとって桃子が初恋の人で、再会してからまたその思いに火が点いたようだと聞かされた。真面目で不器用で優しい兄の恋を後押ししていいかと尋ねてきた慶舟に、凜太は一も二もなく頷いた。やがてふたりの交際が始まり、凜太の高校卒業を待って結婚することが決まった。

そしてふたりが付き合い出して一年半後の春、凜太は無事札幌の志望大学に合格することが出来た。この合格は凜太に三重の幸福をもたらした。まず、希望の大学に受かったという純粋《じゅんすい》な嬉しさ。それから、桃子と創英が心置きなく結婚できるという安堵。もうひとつは慶舟と一緒に住めること――これは思ってもみなかったことだった。

結婚を機に、桃子は創英が暮らす苫小牧に引っ越すことになっていた。仕事も運よく苫小牧の支店で働けることになった。

ただ問題は凜太だった。創英も桃子も凜太が一緒に暮らすものと考えていた。確かに苫小牧から札幌まで、通うことが出来ない距離ではない。けれどすんなり受け入れられなかった。早起きは卒業まで続けた新聞配達のおかげで苦にならないが、吹雪のときには列車が運休になったり遅れたりするし、それにいくら創英に好感を抱いていても、正直新婚家庭で母の女としての顔を見ることには、やはり困惑や抵抗があったからだ。そんなこともあって、札幌でひとりで暮らしたいと思っていた凜太に、いつものように朝刊を受け取った慶舟がうちに来いと言ってくれた。

「一部屋余ってる。大学も電車で二駅だ」

おそらく慶舟は凜太のそういった気持ちをわかってか、やっと初恋を実らせた兄が夫婦ふたりで暮らせるようにという気遣いで誘ってくれたのだろう――自分と一緒に暮らしたいという気持ちからではなく。当たり前じゃないかとひっそり自嘲《じちょう》した。

それでも理由がどうであれ、心が舞い上がるような、正に夢のような提案だった。けれど同時に、躊躇《ちゅうちょ》もした。慶舟には慶舟の生活のペースやリズムがある。そこに自分が入って乱してしまっては申し訳ない。それに自分がいたら、招きたい相手が出来ても招けなくなってしまうのではないか――？

「……や、でも一人暮らしって憧《あこが》れてたから」

迷いのせいで心にもない言葉を吐いた凜太を見やり、慶舟がからかうように笑って言い添えた。

「おかしな場面は見せないから大丈夫。それに子供には手を出さないから心配するな」

そんな心配はしていないと返しながら、改めてまた自分が慶舟の恋愛相手にはならないと突き付けられて、たまらなく泣きたくなった。

好きなひととひとつ屋根の下で暮らせるなんて、あまりにも贅沢《ぜいたく》で身震いがした。だけどその恋は決して実ることはないし、打ち明けてもいけない。対象外と言われている自分が慶舟への感情を告白したところで慶舟を困らせることにしかならないし、せっかく身内になれたのに、会いにくくなってしまう。

報《むく》われない恋の相手と共に暮らすことは、食べてはいけないお菓子の家に住むようなものだった。それでも凜太はその家で暮らしたいと思った。

何年も一緒にいられない。いくら長くても大学を卒業するまでだろうと思う。慶舟だって、限られた期間と思うからこそ同居を申し出てくれたに違いない。ずっと甥《おい》っ子《こ》と一緒に暮らそうだなんて考えていないはずだ。

離れてもふたりの関係は消えない――家族になったのだから。だからこそ、絶対に思いを明かすことは出来なかった。

そして結局、凜太は慶舟の厚意に甘えた。ひとりで暮らせるくらいの金額を貯めるまでという期限を設けて、慶舟の家に下宿させてもらうことになった。

慶舟は渋る桃子と創英の説得にもあたってくれた。結果、慶舟にひとりの時間を持ってもらえるようにという配慮、三人で暮らせることを望んでいた創英への気遣い、その両方の末だろう、桃子は週末や長期の休みは出来るかぎり苫小牧で過ごすことを条件に、凜太が慶舟の家で暮らすことを認めてくれた。

昨日から凜太が苫小牧に行っていたのも、その約束があったからだ。ちょうど慶舟が締切間近の投稿論文を抱えていて、そんなときには静かな環境のほうがいいだろうから、このちょっとした二重生活は便利と言えば便利だった。

叔父と甥、ふたりの生活は、静かだったり賑やかだったり、ときめいたり落ち込んだり、あらゆる面でいろいろと忙しかった。慶舟と朝一緒に食事をし、時にはふたりで買い物や映画に行き、他愛のない話をしながら夕飯を食べる、そんなごく当たり前の日常がひどく嬉しくて、愛《いと》おしい。起きて最初に話をする相手が慶舟で、眠る直前に見る顔も慶舟だということが、半年経った今でもまだ信じられない。

こんな生活がずっと続けばいいのにと心の底でひそかに願っている——決して口に出せない願いだとわかっていても、いつかふっとこぼれてしまいそうで怖かったけれど。

＊

「凜ちゃん、この梨チョー甘い！」

不意に忍の歓声が響き、はっと凜太は目を見開いた。すっかり片付いた部屋の中、秋のうららかな日差しを浴びて、胡坐《あぐら》をかいた忍が幸せそうに梨を齧《かじ》っていた。笑みを繕《つくろ》い、凜太が口を開く。

「よかった、どんどん食べてください。親戚《しんせき》が送ってくれて、おすそ分けたくさんもらってきたから」

「ありがとう。凜ちゃんも食べてよ。はい、あーん」

忍が腕を伸ばし、フォークを差した梨を凜太の口元に運ぶ。え、と思わず目を丸くした凜太の肩が摑まれ、ぐいと後ろに引かれた。

「何やってんだ」

凜太の肩からすっと手を離し、忍と凜太の間に体を割り込ませるようにして腰を下ろした慶舟が、呆れ顔で眉を寄せた。

「えー、サービスのつもりなんだけど」

「どんなサービスだよ」

ふたりのやり取りを耳にしながら、凜太は慶舟に触れられた部分から広がる熱をひそかに感じていた。

（落ち着け落ち着け……）

　こんな不意の接触に自分は弱い。動揺が顔に出ないようにとひたすら祈った。

　慶舟にとっては別に何も意味のない行為だとわかっているのに、全身が勝手にじんわり熱くなって、もっと触れられたいと馬鹿な望みまで抱いてしまう。

「慶舟、もっと剝いてよ。おれ五個くらい余裕で食べちゃえそう」

　忍が慶舟に甘えるようにしなだれかかった。

「そんなに食いたきゃ自分で剝けよ」

「えー、流血騒動になったら嫌じゃん？」

「三十過ぎて果物《くだもの》ひとつ剝けないほうが嫌だ。なあ？」

　慶舟に水を向けられ、当たり前だと亮介《りょうすけ》が頷いた。

「それよりもう帰るぞ。俺の中では今は夜中だ」

　淡々と呟いた亮介の目の下には、うっすら隈《くま》が出来ている。夜勤明けなのだから、当然疲れているのだろう。ですよね、と凜太が同情したものの、忍はあっさり告げた。

「じゃあここで寝れば？　膝枕したげるよ」

「絶対に断る」

　眉間に皺を寄せて亮介がきっぱり断ったら、照れなくていいのに、と忍が返して亮介の皺がさらに深くなった。

「いいから帰れ。亮介だって自分の部屋でゆっくり休みたいんだろう」

正論を吐いた慶舟を忍がきょとんとした目でみつめ返す。

「え、だって今晩ここでご飯食べてくし」

「は？」

慶舟と亮介、ふたつの声が重なった。凛太の心の声も。

「だって慶舟のご飯美味《おい》しいもん。面倒くさがってあんまり作ってくれないけどさ。ね、お願い。材料はおれ買うから」

無邪気に忍が言って、いいよね、と甘えたまなざしで凛太を見る。自分より一回り以上年上の男だというのに、忍のこんな表情はやけに可愛らしくてどぎまぎしてしまう。

「――や、おれは構わないですけど……、でも今日日曜だし、昨日も遅かったみたいだし、早めに休んだほうがいいんじゃないのかなって――」

ぎこちなく笑んだ凛太に、忍がからから笑った。

「もー、そんな分別くさいこと言わないの。まだ十代なんだから」

「おまえは少し分別くさくなれ」

慶舟が突っ込んで、確かに、と悪びれずに忍が答える。けれどその声はまったくの他人事《ひとごと》だ。

「ロールキャベツ食べたいなー。コンソメでもトマトでもどっちでもいいよ。あ、前に作ってくれたカレー味のも美味しかった」

慶舟の肩に手をかけてねだる姿はあくまで自然体で、そんな忍に凜太の心の隅がちくりと痛む。

忍と慶舟は同じ大学の出身ではあっても、学部も学年も違う。共通項の少ないふたりがなぜ親しくなったかと言えば、忍もゲイだからだそうだ――学生時代ゲイバーで出会い、付き合いが始まったらしい。

お互い特別な感情はないと教わっているものの、正直凜太は信じられずにいる。慶舟はともかく、実は忍は慶舟を好きなのではないかと、忍に初めて会ったころから思っていた。慶舟と一緒にいる忍はいつもやけにきらきらしているし、スキンシップも多い。マーケティングの仕事をしていて忙しい中、こうして暇《ひま》をみつけてはやって来るのも、慶舟を好きだからではないかと思えてしまう。

それにあの日見たキス――蒸し返したくなくて慶舟に聞けなかったが、あの相手は忍だったのではないかという疑念を凜太はずっと消せずにいる。慶舟は多くの友達を必要としないタイプで、日常的に付き合いがあるのは忍と亮介くらいだ。凜太がここで暮らすようになってから、この家を訪れたのも彼らだけ。となれば短絡的かもしれないが、相手はふたりのどちらかの可能性が高い気がした。亮介はストレートらしいし、そもそも慶舟より大柄で、うっすら記憶に残るあの日見た姿とは違う。そうしたら必然的に相手は忍になる。

慶舟が忍に恋愛感情を抱いてなくても、体だけの相手として同じ指向の忍と関係を持っていたとしても不思議ではない気がした。

慶舟を好きだとしたら自分の存在を、忍は内心疎《うと》ましく感じているんじゃないだろうか。ずっと気になって、それでも忍に本心は訊けなかった。忍の答えが自分が想像していたようなものだとはっきりしてしまえば、忍と顔を合わせにくくなる。人として忍が好きだからこそ、同じ相手を思っているのはつらい。

そして慶舟が忍をただの友人と言っているのを、どこまで信じていいのかという思いもある。確かに忍を好きだとしたら、いつ関係が変化するかわからないのに自分を同じ家には住まわせないだろうと思うものの、あんなにまばゆい人間がそばにいて、心は少しも揺れないのだろうかと不思議になるのだ。

そんなこんなで、凛太にとって忍の存在は、慶舟が自分に恋してくれることはないとわかっているのに、いつか振り向いてくれたらとあり得ない望みを時折抱いてしまうことへの戒めにもなっていた。

夢は見るなと自分に言い聞かせなければいけない恋。——けれどそれで良かった。

店の自動ドアが開いた瞬間、条件反射で出た「いらっしゃいませ」の声に途中から笑いが混じってしまった。そんな凜太《りんた》にカウンター越し、慶舟《けいしゅう》が空々しいほど落ち着いた表情で煙草《たばこ》をひと箱注文してきた。

「ごめん、もうすぐ上がりだから」

「急がない。ゆっくり働いてこい」

からかうように告げて、小銭《こぜに》を出す。いつもの銘柄《めいがら》を渡した凜太に、車で待ってる、と慶舟が緩い笑顔で呟き、店を出た。

土曜の昼前、ちょうど客の切れ間の時間帯で、住宅街のコンビニには店内にも駐車場にも客はいなかった。慶舟が車に戻っていく後ろ姿を目で追っていたら、北邑《きたむら》くん、と弾《はず》んだ声をかけられた。この店の店長の妻、大倉美里奈《おおくらみりな》だ。陳列《ちんれつ》していた商品を手に、小走りでやってくる。

「今のひと、もしかして噂の叔父さん？」

頬を染めてはしゃぐ美里奈に、はい、と返事をした。

慶舟は接客中の凜太を冷やかしがてら何度かふらりとやって来たことがあるけれど、美里奈が見かけたことは今までなかったらしい。慶舟はバイトの女性の間ではその美形ぶりがちょっとした話題になっていて、見てみたいといつも美里奈も言っていたのだ。

「もうやだ、美形ファミリー！」

「や、おれは美形じゃないですから」

「なに言ってるの。私いつも、うちの息子もこんなカッコ良くて働き者になってくれたらなあって思ってるんだから」

「じゃあまだ働いていかないと」

凜太が笑うと、それはいいから、と美里奈が苦笑した。美里奈は学生と言っても通るような童顔で、客からもよく勘違いされるが、実は慶舟と同年代で、小学生の子供もいる。若くして母になったという美里奈が母と重《かさ》なって、凜太は親近感を持っていた。

「叔父さん、迎えに来てくれたんでしょ？　上がっていいよ。店長もそろそろ出てくるから」

そう美里奈が言った途端に、呼んだかー、と呑気《のんき》な声と一緒に店長の大倉が姿を現した。

「お疲れさん。上がっていいぞ」

大倉が朗《ほが》らかに同じ言葉をかけてくれ、美里奈も笑顔で頷く。ちょっと迷ったものの、すみません、と凜太は頭を下げた。

ここのコンビニでアルバイトを始めたのは大学に入ってからだ。慶舟の家からは歩いて二十分ほどの距離だから、客として訪れるには少し遠いが、バイト先としては決して遠くない。慶舟の家に住むまで桃子《ももこ》と暮らしていたアパートから一番近いコンビニで、元々は客としてよく利用していた。大倉や美里奈を始め、店員たちも顔なじみだったし、雰囲気《ふんいき》がなごやかで働きやすい。

「ごめんなさい、お待たせ。これ、もらったよ」

助手席に乗り込んだ凜太が美里奈がくれた缶コーヒーを渡す。受け取った慶舟はなぜかどことなく不機嫌そうにみえた。美里奈が騒いでいたことに気付いて気を悪くしたのだろうか、それともいざとなると苫小牧《とまこまい》まで行くことが億劫《おっくう》になったのか——その微妙な空気の悪さに落ち着かない気分になりながら、理由を訊くことも出来ず、とりあえず慶舟の気分を盛り上げようと決めた。

十月最後の週末、今日はこれから慶舟とふたりで苫小牧へ向かう。なかなか都合がつかなかった慶舟もちょうど今週末は仕事が一段落つき、鼻の下が伸びている兄の顔を見に、凜太の苫小牧行きに同行することになったのだ。

ふたりでこうして苫小牧に行ったことはまだ数えるほどしかなくて、凜太は数日前から心をときめかせていた。慶舟とドライブにでも行くようで、まるでカップルの真似事《まねごと》をしているみたいで。楽しい時間にしたい——また一緒に行ってもいいと慶舟に思ってもらえるように。

だからこそ慶舟の不機嫌の要因を早くみつけて取り除いてしまいたかった。とはいえ情けないことに確信が持てる心当たりがなくて、せめて道の流れが順調であるようにと願った。苫小牧への高速へ向かう一般道はいくらか混んではいたものの、流れはスムーズでほっとする。

「慶舟さん、免許取ったの大学一年のときって言ってたっけ？」

助手席でペットボトルの麦茶を飲みつつ凜太がことさら明るく尋ねると、そうだ、と隣から冷静に返された。

「夏休みにな。本当はバイトしてある程度金を貯めてからと思ってたのに、亮介《りょうすけ》が早く取れってうるさくて」

ああ、と納得して凛太が頷く。ロードサービスの仕事をしている亮介は昔から車好きだったそうで、運転仲間が欲しかったらしい。自分も免許を取れば、慣れるまで不安だとかひとりだとつまらないだとか口実を作って、慶舟を誘って出かけられるかもしれない——凛太の心にそんな考えが浮かぶ。

「……おれもそろそろ免許取りに行こうかな」

ぽそっと凛太がもらすと、ちらっと慶舟がこちらに視線を投げてきた。

「——ドライブに誘いたい子でも出来た？」

「え？」

ある意味図星、けれど慶舟が考えているのとはまったく違う真実を、どう伝えていいかわからない。返事に迷う凛太に、慶舟はどこか皮肉めいた声で続けた。

「コンビニの女の子とか。帰る前、盛り上がってたよな。外から見えた」

「コンビニ？」

鸚鵡《おうむ》返しに口にした直後に、ああ、と吹き出した。美里奈のことだ。

「美里奈さん、実は人妻なんだよ。店長の奥さん。しかも小学生の子供がいるお母さん」

「——は？」

慶舟が面食らった顔を凛太に向ける。前、と凛太は慌てて慶舟を促《うなが》してからちいさく笑った。

「おれも最初学生かなと思ったんだけど慶舟さんと同い年。ホント若いよね」

凛太がのんびり言う。ひと呼吸おいてから、そうか、と慶舟が呟いた。

気のせいかその表情はどことなく楽しそうにみえた。そのあとも慶舟の様子は変わらなくて、機嫌が良くないようにみえたのは単に気のせいだったのかもしれないという結論にたどり着いた。

高速手前の信号は赤で、車がなめらかに停まる。ふと思い出し、凛太が慶舟にチョコレートの箱を差し出した。

「新製品のチョコも、美里奈さんがくれた。ほろ苦くて美味しいんだって」

へえ、と慶舟がハンドルに手を置いたまま、口を軽く開いてこちらに顔を向けた。きょとんとした凛太に、口、と促す。

「入れて」

「え」

凛太がわずかに目を見開いたのと同時に信号が青に替わり、車は走り出した。ひとつ息を吸い、内心の緊張を隠して、前を向いたまま頭を少しこちらに近づけた慶舟の口元にチョコレートを運ぶ。

「――ん、美味《うま》い」

素直に慶舟が褒《ほ》めた。良かったと答えながら、凛太の心臓は大騒ぎになっていた。――運転

CHOCO

をしていて手を離せない相手の口にお菓子を入れただけ。何も意識するようなことじゃない。そう思うのに、とても落ち着いていられなかった。

わずかに触れてしまった唇――柔らかくて少し乾いていた。指先に残る余韻《よいん》が、ホットケーキに載せられたバターのように溶けて全身に広がっていく。

……あの唇にもっと触れたい、触れられたい。

キスされたらどんな気持ちになるだろう――まだ誰とも経験していないことを想像してもわからないものの、慶舟が相手なら、きっと夢見心地に違いない気がする。最高にうっとりして、くらくらしそうだ。

けれどそれがいくら夢のような体験だったとしても、絶対に現実になることはない。口元に自嘲《じちょう》混じりの笑みが浮かんだ。どれだけ好きでも、子供な自分は慶舟の恋愛相手にはならない。慶舟に恋の対象として見られていないのだから。散々わかりきっている事実――それでも思うだけは許してほしかった。

甘さとせつなさを一緒に胸の中で転がしていたら、隣で慶舟がからかうように口を開いた。

「免許は取っておけば便利だけど、教習所だのなんだの、かなり金がかかるぞ。憧れのひとり暮らしが遠のくな」

慶舟の言葉にはっとした。――そうか、自分があの家を出るのが遅くなれば、それだけ慶舟の自由を奪ってしまうことになるのだと気がついて、凛太が困惑する。どうしようと無意識にひとりごちると、隣からかすかな笑い声がした。ふと凜太が視線を向ける。慶舟がぽそっと呟いた。

「――ずっとうちにいろ」

前を見たまま、ぽんと凜太の頭を叩く。

(うわ――)

慶舟がまったく深い意味などなくしたことだとわかっているのに、触れられた箇所から、体中が蕩《とろ》けそうになる。同時に今しがた放たれた言葉に、凜太の心は淡く震えた。

ずっとうちにいろ――単なる社交辞令のようなものだとわかっているのに、その言葉が嬉しくてたまらなかった。真に受けてはいけないと自分に言い聞かせる一方で、信じたいと思ってしまうのはどうしたらいいのか――。

自分の口にもチョコレートを放ると、熱い頬をてのひらで隠すように覆った。

「お肉まだあるからどんどん食べてね。慶舟くんも凜太も」

満面の笑みを浮かべて桃子が勧め、足りなくなったら買ってくるから、と創英《そうえい》が言い足した。

「ありがとう。でもさすがにこれ以上は無理かも」

苦笑いで凜太が返すと、まだまだ、と創英が力強く言い、すき焼きの鍋《なべ》から肉を取って凜太の器に入れた。創英の愛情と配慮は、本当にいつも有り難いほどだ。

「成長期なんだからいくらでも入るよ。凜太くん、もっと太ったほうがいい」

「自分の中年太りを目立たなくさせようっていう魂胆《こんたん》か？」

慶舟がニヤッと笑って茶々を入れ、創英は真剣な面持ちで否定した。

「違う、これは幸せ太りだよ」

臆面《おくめん》もなく言い切った創英に、うわ、とテーブルを囲む三人から声が上がる。

「もう、北邑くんてば」

照れる桃子の頰はほんのりと薄紅色に染まっていた。学生時代のときのままらしい呼び方を聞いたり、少女のような母の顔を見たりするたび、凜太はどうにも嬉しいようなむずがゆいような気分になってしまう。とはいえずいぶん慣れてきて、最初は嬉しさ一、むずがゆさ九だったのが、今はほぼ逆転している。ただ桃子の幸せそうな様子を見られることが喜ばしいのは、最初から変わらない。桃子に幸せを与えてくれた創英には、本当に感謝の思いしかない。

桃子は二十二歳のときに凜太を産んだ。父親のことを凜太は知らない――妊娠《にんしん》がわかる前に、恋人同士だったふたりが別れてしまっていたからだ。高校卒業と同時に、モデルになりたいという夢を実現するために上京し、やっと仕事が回ってきたころに妊娠がわかったそうだ。その直前に恋人とは別れていて、旭川《あさひかわ》の両親や事務所のスタッフなど、周囲の反対を押し切り、桃子は仕事を捨てて出産したらしい。そして元恋人に会うのが嫌で、東京を離れて札幌《さっぽろ》で暮らすことにしたという。

そんな過去の経緯を桃子が直接凜太に話したことはない。周囲の大人たちの会話から断片的に得た情報を、自分で組み立て推測しているだけだ。

ひとりで子供を産み、育てるということがどれだけ大変なことなのか、凜太も子供なりに理解していた。今でこそ円満な祖父母との関係も、当初は温かなものではなかったらしい。経済的にも精神的にも肉体的にも大変な中でも、愚痴《ぐち》ひとつこぼさず、いつも前向きで明るい桃子には本当に感謝していたし、誰よりも幸せになってほしいと思っていた。だからいつか結婚の話が出たときには、桃子の望む相手であれば必ず祝福しなければとなかば義務的に思っていたのだけれど、創英との話は義務も何も関係なく、積極的に賛成だった。

久しぶりに創英と会ったあの日、桃子はとても楽しそうだったし、その後何度かかかってきた電話に応じている声も弾んでいた。これまでも桃子に好意を寄せる男性は何人かいたものの、いつも桃子はきっぱりと距離を取っていた。なのに創英には少し様子が違っていた。懐かしい時代を共有している相手だからかもしれないが、創英や慶舟のことを凜太に語る桃子は、とてもやわらかな表情を浮かべていて、桃子の中で創英は、これまで桃子に近づいてきた相手とは違う位置にいるらしいことが窺えた。

もしかしたら今回は付き合うことになるんだろうかと、母親の女性としての姿を覗き見ることに戸惑いは感じつつ、それでも心がふわりと浮き立ったのは、桃子が創英と親しくなれば、自分と慶舟も距離を縮められると思ったからだ。

利己的《りこてき》な理由混じりで応援することに気が引けながら、凜太はふたりの仲を静かに応援した。やがて桃子と創英は交際を始めて、凜太や慶舟も交えて食事に出かけたり、ドライブに行ったりもした。そうやって過ごす中、創英が桃子にプロポーズをしたのだ。

桃子からその話を聞き、申し出を受けてもいいだろうかと尋ねられ、凜太は即座に賛成した。桃子が幸せになることへの喜び、慶舟と身内になれる嬉しさ、そのふたつが混ざり合って、自分でもそれまでに感じたことがないほど幸せな気分になった。

創英は本当に実直で優しくて、桃子、凜太、ふたりを大切にしてくれている。結婚の挨拶《あいさつ》をしてくれたときも、十代の子供に接しているとは思えないほど真剣な面持ちで、全力できみたちを守りますと言ってくれた。こちらこそよろしくお願いしますと凜太が頭を下げると、創英はほっとしたのか、ありがとうと男泣きをして桃子を泣き笑いさせた。そんなおだやかで真面目で温かな創英には、慶舟の兄だということを別としても、凜太も好意を感じずにいられなかった。

「慶舟とはどうだい、こき使われてないかい？」

食事の後、桃子とふたりで皿を洗っていたら、いつものように創英が尋ねてきて、大丈夫、と凜太が笑って返した。同時に、聞き捨てならないな、と慶舟がわざとらしい調子で呟く。

「本当に良くしてもらってます。助かってます」

凛太の返事に桃子が、本当よね、としみじみと頷いた。

「慶舟くんが付いててくれて心強いわ。いきなり一人暮らしはやっぱり心配だもの」

「いや、これでも十九だし、体も大きくなったし。一応どこから見てもそれなりに大人なんだけど」

苦笑いで口を挟《はさ》んだ凛太に視線を向けて、桃子がやわらかに返す。

「いくつになってもその時期その時期で親は心配するものなのよ。私も親になって初めて知ったんだけど」

十八歳で単身東京暮らしを始めた桃子が軽く笑い、慶舟を見た。

「だけどね、慶舟くんの邪魔になるようならいつでも追い出して。遠慮しなくていいから」

「それ言ってること違うじゃん」

凛太が半畳《はんじょう》を入れると、親ってそういうものなの、とまた桃子が笑う。オーボー、と凛太が抗議した。

「とにかく慶舟くんの迷惑にならないように」

「迷惑じゃない」

桃子の言葉を静かに慶舟が遮《さえぎ》って、凛太と桃子がふっと慶舟に視線を向けた。

「凛太を迷惑だと思ったことはないし、これからもないと思う。凛太との生活は楽しいよ」

おだやかなその言葉に、そう言ってもらえると有り難いんだけど、と桃子が済まなげに微笑んだ。

「大丈夫だよ。慶舟ははっきりしてるから、自分が嫌だと思ったらスパッと言うって」

からりと創英が請け負《う》って、な、と慶舟を見た。

「まあな、身内だろうと何だろうと我慢はしないな」

「そうだよ、それで僕が何度泣かされたか」

「なんだそれ、人聞きの悪い」

ふざけ混じりの兄弟喧嘩《げんか》が始まって、凜太は桃子と笑い合った。

何気ないふりを装いながら、慶舟が今言ってくれた言葉に凜太は舞い上がっていた。

慶舟はお世辞は言わない。だとすれば、本当に自分と暮らすことを楽しいと思ってくれているのかもしれない――抑えようがないほどに胸が弾む。

ちょっとした相手の言葉や接触にこれほど心を揺らすなんて、自分はいったいどれだけ乙女《おとめ》なんだとおかしくなる。

だけど嬉しいものは嬉しいいし、幸せなものは幸せなのだ。

こんな幸せな時間が一分でも一秒でも長く続いてほしいと、見えない流れ星に祈りたい気持ちだった。

「うわ、冷えてるな」

家に入るなり、慶舟が寒そうに肩を竦《すく》めた。ほんの二ヵ月前は外から戻ると家の中は熱気がこもっていたのに、今は昼過ぎだというのにひんやりしていた。夏がいつの間にか遠い季節になっている。

「苫小牧のほうが暖かかったかも。新婚夫婦のおかげで」

暖房のスイッチを入れ、凜太がふざけて言うと、エコだな、と慶舟が軽く笑った。

一晩を苫小牧で過ごし、昼前に出てきた。凜太はまた再来週訪れることになっているが、慶舟は仕事もあり、しばらく行かないようだ。桃子も創英も残念そうだったし、凜太も慶舟と一緒に苫小牧に行きたかったけれども、三十を過ぎた男が兄夫婦の家にちょくちょく泊まりに行くのは変だというのが慶舟の持論らしい。

そんなことを言わないで来てちょうだいと反論しつつも、桃子はずっと幸せそうだった。母の弾んだ様子を見ていると、凜太もつられて嬉しくなった。

「……母さんの可愛い顔って、お義父さんと付き合うようになってから初めて見た」

荷物を片付け、凜太がぽそりと呟いたら、ふっと慶舟がこちらを向いた。

「おれとふたりのときはやっぱりどうしても力が入ってたんだなって――、前から明るかったし優しかったけど、今は表情がやわらかいっていうか」

「――息子としてはちょっと悔しい？　引き合わせなきゃ良かったたって思う？」

からかうようでいて労《いた》わるようでもある声に、いや、と首を振る。

「母さん、おれのせいでいろんなことを諦めたはずだから。だからおれがお義父さんとの縁を繋《つな》げたんなら、母さんへの恩返しが出来て嬉しい」

いい子ぶるわけではなく、本心からの言葉だった。

正直、相手が創英じゃなければまた違ったかもしれない。自分の幸せをも運んでくれた母の結婚が嬉しくないわけがない――その秘密の幸せは、決して表に出すわけにはいかなかったが。

「――さてと。今晩なに食べたい？」

冷蔵庫を開けて問いかけてきた慶舟に、あ、と凜太が声を上げた。

「いいよ、おれ作る。慶舟さん、運転して疲れたでしょ」

「平気だ、あれくらい。昨日は肉だから、魚にするか――」

献立《こんだて》を考えているのか、空《くう》を睨《にら》む慶舟を見やって凜太が言った。

「おれ刺身食べたいな。マグロとか」

その提案が慶舟を気遣《きづか》ってのものだと見透かしたらしく、慶舟が楽しげに目を細めた。

「生憎《あいにく》俺は刺身の気分じゃない」

軽やかに言って、車の鍵《かぎ》を手に取った。

「買い物行ってくる。米研《と》いどいて」

凜太の頭をぽんと叩くと、慶舟はさらりと命じて止める間もなく颯爽《さっそう》と出て行った。

慶舟が触れた髪に凜太はそろそろと手を伸ばした。慶舟にとっては何の意味もないことだとわかっていても、胸が熱く痺《しび》れる。それでもそんなひそやかな幸せに浸っていたらきりがないことを知っているから、気持ちを無理に切り替え、言われた通りに米を研いだ。

慶舟は普段あまり料理をしなくて、日々の食事作りは凜太の担当なのだけれど、凝《こ》り性《しょう》なのか、作るときにはきっちりと丁寧に作る。基本的に大雑把《おおざっぱ》で、手早く作れるものばかりの凜太とは真逆のタイプだ。

何を作ってくれるつもりなのだろう——面倒をかけるのは申し訳ないと思う一方で、慶舟が作ったものを食べられるのは嬉しかった。慶舟が料理上手《じょうず》だというのもあるが、何よりも好きなひとが作ってくれたものを食べられることは最高に幸せだ。

二人分の着替えを洗濯《せんたく》したり、もらってきたものを小分けにして冷凍したりしていたら呼び鈴が鳴った。鍵を持っているはずなのにと訝《いぶか》しみながら玄関へ向かう。荷物が多くて開けられないのだろうかとおかしくなりつつ、笑いを噛み殺して、お帰りなさいと戸を開けた。

「——あ」

その瞬間、思わず目を見開いた。引き戸の向こうにいたのは、慶舟ではなく忍《しのぶ》だった。驚いたのは忍も同じだったらしい。え、と目を瞬《しばた》かせて凜太を見た。

「凜ちゃん、今日苫小牧じゃなかったの？」

「さっき帰ってきたんです。今回は慶舟さんも一緒だったから、車で」

「ああ、そうだったんだ——」

ちいさく頷き、笑顔を見せる。

「慶舟は？　中？」

「今買い物行っちゃって——、もうそろそろ帰ってくると思うんですけど。どうぞ、上がって待っててください」

笑みを繕《つくろ》い、そう勧める傍《かたわ》ら、ふたりきりで過ごせると浮かれていた頭に氷水をかけられた気がした。凜太のように子供ではない忍の存在は、自分は所詮《しょせん》慶舟にとって恋の相手にならない——ただの親戚《しんせき》にすぎないのだという事実を思い出させる。

凜太の勧めに、忍は、いや、と首を振った。

「いないならいいんだ。これ、実家から送ってきたんだけど食べきれないから押しつけに来ただけ」

そう微笑んで、凜太に紙袋を差し出してくる。ひょいと中を見せられて、わ、と凜太が思わず声を上げた。大粒《おおつぶ》の葡萄《ぶどう》が二房入っていた。

「シャインマスカットとナガノパープル。甘いみたいだよ」

「ありがとうございます。すごいいい匂《にお》い」

「慶舟にやらなくていいから、ひとりで全部食べちゃいな。じゃあね」

「慶舟さんに会わなくていいんですか？」

せっかく来たのに、本当に会わずに帰ってしまうつもりなんだろうか——慶舟に会いたくて、葡萄を口実に訪れたのではないのか。尋ねた凜太に、うん、と忍が微笑んだ。軽く手を振り、歩き出す。その後ろ姿を見送り、凜太は落ち着かない気持ちになっていた。

忍の本当の思いはわからない。けれどもし、慶舟に抱いているのが自分が考えている通りの感情だったとしたら、凜太が苫小牧に行っている間に慶舟とふたりで会いたいと思ってやって来たのに慶舟は留守で、しかも凜太が帰っていて、どんなに落胆《らくたん》しただろうかと思う。

それはわかるのに、慶舟とふたりきりで過ごす時間を守れたことを嬉しく思ってしまった。

（……最悪）

自分で自分の性格の悪さが嫌になる。

忍への申し訳なさと自己嫌悪で落ち込んでいたら、玄関の引き戸が開く音がした。今度は間違いなく慶舟だ。急いで玄関へと向かう。

「お帰りなさい。今ちょっと前に忍さん来たよ。葡萄持ってきてくれた」

荷物をひとつ受け取って報告すると、知ってる、と慶舟がさらっと答えた。

「ちょうど途中でばったり会った。マスカットだって？　さすがお坊ちゃま、親から送られてくるものも高級品」

笑う慶舟に作り笑顔で応えながら、そんな偶然さえも運命が忍を応援しているような気がして落ち込んだ。買ってきたものを冷蔵庫にしまい始めた慶舟に、マイナスな気持ちを無理に抑えつけ、凜太は朗らかな調子を繕って問いかけた。

「戻ってきてもらわなくていいの？　忍さん、せっかく来てくれたのに」

その言葉に、慶舟が訝しげな面持ちになる。

「どうして。忍だぞ？　飲んだり話したりしようと思うなら、帰らないで待ってるはずだろ」

「――いや、それはそうかもしれないけど」

確かに忍と慶舟の間で遠慮はないだろう――けれど。

「……おれ、ちょっと出てこようかな」

「は？」

慶舟が眉を寄せて凜太を見た。

「や、友達からカラオケ行かないかって誘われてて。おれそっちに行くから、慶舟さんは忍さんに声かけなよ」

「断れ」

凜太の顔も見ず、すっぱりと慶舟が言い切る。急ごしらえの嘘など軽々と見透かしているような声音に、凜太は居心地が悪くなった。

「北邑凜太くんは今夜は叔父さんと水入らずで夕食を摂《と》ります。以上」

これ以上は受け付けないと言いたげな慶舟の表情に、凜太が戸惑いつつ口を噤《つぐ》む。忍への申し訳なさにはとりあえず蓋《ふた》をしてしまってもいいのだろうか――？　心の中で迷った末、慶舟の言葉を受け入れることにした。

こんな時間は永遠に続くものではないと知っている。それでも、だからこそ大切にしたい――自分本位な思いと知っているのに、真実がわからないのをいいことに甘えてしまっている。

「凜太、油切れそう。出してきて」

不意に呼びかけられ、はっと我に返った。はい、と台所の床下収納の扉を開く。それを皮切りに押し売り的なアシスタント作業が始まって、ほかのことを考えている余裕がなくなった。

ふたりで台所に立つ時間はいつも楽しい。慶舟の長くてきれいな指が動くのを見ているだけで胸が躍《おど》る。料理の工程に興味がある顔をして、見ているのは慶舟の手だ。この手に触れられるといつだって高揚《こうよう》する。

慶舟は無駄なく動き、海鮮ちらしと里芋の鶏《とり》そぼろあんかけ、茶わん蒸しが出来上がった。それに桃子が持たせてくれた筑前煮、キャベツと胡瓜《きゅうり》の浅漬けを添える。手伝うつもりで台所にいたのに、結局はほとんどを慶舟がこなし、凜太は見ていただけのようなものだった。

「すごい……、家で作ったとは思えない」

イクラやサーモン、マグロに穴子《あなご》、平目《ひらめ》が載せられた海鮮ちらしは目に鮮やかな彩《いろど》りで、これでもかというほどに食欲を刺激する。煮物も照りが出て美味しそうだし、鬆《す》が立っていない茶わん蒸しは見ただけでなめらかなのがわかる。並べられた料理を前にうっとりする凜太に、慶舟が楽しげな笑みを見せた。

「ほら、食べるぞ。見てるだけじゃ腹は膨《ふく》れない」

「でも食べるのもったいないよ。食べ物の写真SNSにアップする人の気持ち、慶舟さんが作ってくれるご飯見るとわかる気するもん」

「だからって撮《と》らなくていいからな」

ぼんやりとスマートフォンに伸ばしてしまっていた手の動きを、指摘されてはっと止める。慶舟がからかうように笑って箸《はし》を手に取った。凜太も、いただきます、と頭を下げる。

「……うわ、美味い――！」

海鮮ちらしを一口食べて、凜太が興奮した声を上げた。酢飯もちょうどいいし、ネタも新鮮でとろけるようだった。よかったなとおだやかに笑む慶舟に大きく頷いたら、不意にすっと腕が伸びてきた。え、と思った瞬間、その手が口元に触れた。

「くっついてた」

子供をからかうような瞳の慶舟が、指先に移ったご飯粒を自分の口に入れる。

「慶舟さん」

思わずうろたえた声を上げてしまった凜太に、慶舟は愉快そうに笑った。

「なんだお子様？」

慶舟を睨みつつ、顔から火が出そうになる。慶舟にとってはまさに子供にするような行為でも、疚《やま》しい思いを抱いているこちらとしては大事件だ。あの指で口元に触れられただけでも鼓《こ》動《どう》の速さが増すというのに、自分の口元に付いていたご飯粒まで食べられるなんて。

けれど同時に、本当に慶舟の中での自分の位置づけは、単なる子供にしか過ぎないのだと改めて思い知らされた。心が沈みかけたものの、浮《う》つ《わ》いてしまっている凛太にはある意味ちょうど良かった。

そのあと食べた料理も、どれもが目でも舌でも美味さを実感させられた。でもだからこそ、食後の果物にと出された葡萄を見て、罪悪感《ざいあくかん》が募《つの》った。

「……忍さん、やっぱり呼べば良かったね」

翡翠色《ひすいいろ》の大きな粒を手にして凛太が呟くと、まだ言ってる、と呆れたように鼻で慶舟に笑われた。

「そんなに気になるなら今から呼ぶか？　あるのは米一粒かって激怒しそうだけどな」

おかしそうに慶舟が言い、その目がふっと空を見る。

「まあでも確かに――、呼んでやっても良かったか」

ひとりごちるようにちいさく呟いた。

（え――？）

内心の戸惑いを隠し、呼ぼうか、と凛太が尋ねる。慶舟は、いや、と緩く首を振った。

「やっぱりいい。あいつが来たらまた朝まで飲むことになる」

そう言って、慶舟が葡萄を口に放った。甘いなと感嘆《かんたん》する慶舟に微笑みつつ、凜太は心に生まれたもやもやした思いに困惑していた。

（なんだこれ――）

今の慶舟の反応が気にかかった。いつもならあっさり切り捨てるはずの慶舟が迷いを見せた。わざわざ葡萄を持ってきてくれたのだから、そのお返しと思えば当たり前のことなのだろうけれど、なぜか自分の中で引っかかる。もしかしたら友達以上の感情が慶舟の中にあるのだろうかと、考えたくない思いが心に広がっていく。それでもすぐにそんな自分を気にし過ぎだと叱《しっ》咤《た》した。

こんな些細《ささい》なことを気にしていたら持たない。

それはともかくとして、自分がこの家にいることで、慶舟にも、その周りにも迷惑をかけてしまっていることが多いのではないかと思いながら、あのさ、と凜太は口を開いた。

「……今日の忍さんのことに限らないんだけど、おれがいて困るなとか、不自由だなとか思うことが多くなったら本当に教えて」

「だから全然困ることなんかないって。そうやってぐだぐだ言われるのが一番困る。大体な、俺を栄養失調で倒れさせせる気か？」

「は？」

思いもよらない言葉に凜太が目を丸くした。慶舟は葡萄を食べながら、居丈高《いたけだか》に声にした。

「ひとりだったら俺は海鮮ちらしなんかもちろん作らないし、魚一匹だって焼かない」

「え、だっておれが来る前はひとりでもちゃんと料理してたんでしょ？」

「あのころは健康的な生活が俺の中でブームだったんだよ。だから早起きもしてただろ」

確かに言われてみればそうだ。今の慶舟は凜太が起きたあと、七時過ぎにようやく寝ぼけ顔で部屋から出てくる。

「そんなブームの反動で、このあとひとり暮らしなんかしたら毎日梅干しだけだ」

……つまり、今はまだここにいていいということなのだろうか。その慶舟の気持ちが本当に有り難かった。

「――でも梅干し、体にいいんだけどね」

嬉しさを隠して凜太が軽口で返すと、確かに、と渋い頷きが戻ってきた。


「ごめん、ほんっとにごめんな！」

顔の前で両手を合わせて頭を下げる富岡《とみおか》に、いいって、と凜太《りんた》は眉を寄せて笑った。

「気にしなくていいから。仲直りデート、楽しんでこいよ」

凛太が茶化してポンと肩を叩くと、富岡がでれっと目尻《めじり》を下げた。

「や、デートっていうか……、や、うん、まあ、なあ」

首を傾《かし》げ、にやけ顔で呟く同級生を、凛太は笑いながら温かな思いでみつめた。

お互いのバイトが終わったあとでレイトショーを観に行こうと富岡に昨日声をかけられて、ちょうど金曜、慶舟《けいしゅう》もひとりの時間が欲しいかもしれないと、凛太はその誘いに乗った。実は映画は富岡にとってはおまけで、高校時代の一年後輩でこの春から付き合っているという彼女、ちなみと喧嘩をしてしまったものの、どう謝ったらいいか、その相談をしたいらしかった。

ちなみから連絡が入ったのは、札幌《さっぽろ》駅前で落ち合い、先に映画を観るか何か食べるか話していたときだった。ラインのメッセージを読んで、それまで今ひとつ冴えなかった富岡の顔色が瞬《また》く間に晴れやかになった。

富岡のバイトが終わるのを待って、謝りたいから会いたいと連絡をしてきたちなみはいい子なのだろうと思う。そして何より富岡が夢中だ。そんなふたりの邪魔をする気などもちろんなくて、凛太は今日の約束を取りやめにした。

「男の友情より彼女を取るとか、ひでえなって自分でも思うんだけどさ」

富岡が、にやけつつも申し訳なさを伝えてくる。いいから、と凛太はのどかに返した。

「それよりちゃんと仲直りしろよ。このあと呼び出されても出てこないからな」

からかった凛太に、おう、と富岡が笑う。

「今度凛太も一緒に飯食おうぜ。ちーちゃんの友達呼んで」

「いや、おれはそういうのは」

「なんだよ、もっとガツガツいけよ。凛太ならその気になりゃいくらでも彼女作れんじゃん。彼女いないってマジ不思議だよ」

そんなことないって、と苦笑いで否定して、凛太は富岡の背中を軽く叩いて促した。

「いいから行けよ。折角《せっかく》仲直りするのに、待たせて怒らせたらまずいだろ」

そう言われて、ああ、と富岡が済まなげに頭をかいた。この埋め合わせはちゃんとするからと言い置いて、いそいそと小走りで去る富岡の後ろ姿を見送って、凛太は地下鉄の駅に向かった。


八時を少し過ぎたところ——慶舟はもう家にいるだろう。食事は済ませただろうか——昨夜のうちにカレーを作っておいたから、自分もそれを食べよう。

まだ混雑する電車に乗り、富岡はちなみと会えただろうかと思いを巡《めぐ》らせる。

凛太は今まで誰とも付き合ったことがない。告白されたことはあるものの、中学時代は部活と家のことが優先だったし、高校に入ってからは慶舟に出会ってしまったから、申し込みを受けたことはない。

だから恋人同士の雰囲気というものが今ひとつわからないけれど、幸せなんだろうなとは思う。富岡も本当に嬉しそうだった。創英《そうえい》といるときの桃子《ももこ》の表情と同じだ。

……自分もそうなんだろうか。慶舟といるとき、――好きなひととといるとき、あんな幸せそのものの顔をしているのだろうか。それなら思いが丸わかりだ――心の中で失笑しながら気を引き締める。それでも、慶舟を前にすれば、きっと凛太の理性は消えてしまう。

脆《もろ》い自分が情けなくて、だけどそれだけ好きなんだと思うと、心がじわりと熱を持つ。伝えないから、だから好きでいることだけは許してほしい――そんなことを思いつつ電車を降り、冷たい風が吹き付ける表に出た。もう十一月、雪虫も飛んでいるし、初雪が降るのもそろそろだ。

明日は鍋にしようかと考えて、枯れ葉が躍る夜道を歩く。数分歩くと見慣れた平屋が視界に入ってきた。ここまで来て、連絡もせずに帰ってきたことにふと気が付いた。遅いと思っていた自分がいきなり帰ってきたら慶舟は驚くだろうか。

凛太の中で悪戯心《いたずらごころ》がぴょこんと顔を出す。どうせなら、こっそり入って驚かせようか。いつも冷静な慶舟がどんな顔をするか見てみたい。

笑いを噛み殺して玄関の戸に手をかける。施錠《せじょう》されていない引き戸をそっと開け、忍び込んだ。誰何《すいか》されないから、慶舟は小さな物音に気付いていないのだろう。ここまでは成功だ――ガッツポーズをして靴を脱ぎかけた凛太の目に、隅に寄せられた、慶舟のものではない靴が映《うつ》って動きを止めた。

（あ――）

多分忍《しのぶ》の靴だ。前に見た記憶がある。同時に茶の間から忍と慶舟のくぐもった声が聞こえてきた。

どうしよう――今日自分がいないと知って、それで忍は来たのかもしれない。今朝《けさ》出かける前には慶舟は忍が来るとは言っていなかった。

気にせず入ってこいとふたりとも言ってくれるだろう。けれどやはりためらいが湧く。

自分の留守に忍がいるのは単なる偶然かもしれないものの、もし意図的なことだったとしたら申し訳ない。どこかで時間をつぶして帰ってこようと考えて、静かに出て行こうとしたときだった。

「……だけど!」

不意に放たれた忍の大きな声にびくっと体が固まった。

「好きなんだよ!　だからそばにいたい」

そう叫ぶように忍が言い、ひと呼吸おいて慶舟の声がした。

「――俺だって同じだ」

その声を聞いた瞬間、凜太は外に飛び出していた。全速力で夜道を駆ける。

肌を刺すような空気にさらされながら、冷たさは感じられなかった。皮膚《ひふ》よりも心の温度のほうがずっと低いからかもしれない。見えない何かに押されるようにただ走る。やがて常夜灯の明かりがぼんやり点《とも》る人気《ひとけ》のない公園に差しかかり、倒れ込むようにベンチに腰を下ろした。

荒く息を弾ませた凜太の真っ白になった頭の中で、今聞いた言葉だけが響く。

俺だって同じだ――確かに慶舟はそう言った。

「……そっか――」

凜太の口からちいさな声がこぼれた。ほろりと涙が一粒落ちる。

「なんだ、そうだったんだ……」

笑おうとしたのに出来なかった。胸が絞《しぼ》られ、その痛みが涙になって、ぼろぼろとあふれ出してきた。呻《うめ》き声を押し殺し、身を縮《ちぢ》こまらせて凜太は泣いた。

やはり忍は慶舟を好きで、そして慶舟も忍を好きなのだ――はっきりとその事実を本人たちの口から聞いてしまった。

この前葡萄を食べたときに感じた引っ掛かりは気のせいじゃなかった。いつの間にか慶舟の中で忍は友達から恋人に変わってしまっていた。今となっては本当に最初から友達と思っていたのかも疑わしい。慶舟がただの友人だと言っていたのは、同居する自分が余計な気を遣わずに済むようにという配慮からのことだったんじゃないか？

胸がどうしようもないほど締め付けられて苦しい。ふたりが互いに思い合っているという事実が、体と心、すべてにのたうち回りたくなるほどの痛みを与えてくる。

どうしようもない――どうにも出来ない。自分に入り込む隙間はない。どれだけつらくても、現実を受け止めなければならない。失恋は確定したのだ。

忍が羨ましかった。慶舟に愛されているひとが羨ましくてたまらなかった。自分があの家に来たことで忍に迷惑をかけているのに、その申し訳なさを感じる以上に忍が羨ましい。そんな身勝手な自分に嫌悪が湧く。忍にどれだけ我慢を強《し》いてしまっていたのかわからないのに。文句も言わず、それどころかいつだって温かく忍は接してくれるのに――。

「……家、出なきゃな――」

自分に言い聞かせるように声にした。

今までは本当のことがわからなかったからあの家にいられた。だけどもういられない。あそこにいていいのは自分じゃない――。

家を出るのは、忍へ、そして慶舟へ自分が出来る、唯一のことだ。それに正直つらかった――ふたりの姿を見ることが、慶舟のそばにいることが。

北風が濡れた頬を冷やす。ぐいと手の甲で涙を拭った。けれど涙腺が壊れたように、涙は次から次へとあふれてきた。

日曜の午後、雪が舞い散る中、大通《おおどおり》は大勢の人で賑わっていた。

クリスマスまでまだひと月以上あるというのに、建物のいたるところにクリスマスのモチーフが飾られ、街路樹は華麗にライトアップされている。丸ごとクリスマス仕様に変更されたような街の中を、凜太は白い息を吐いて歩いていた。

昨日苫小牧《とまこまい》へ行き、先ほど札幌《さっぽろ》に戻ってきたところだ。慶舟の家には向かわず、まっすぐ大通にやって来た。

忍と慶舟の会話を聞いてしまってからほぼ一週間になる。

あの日は公園を出たあと隣町のファミレスに行き、深夜まで過ごした。店の洗面所で顔を洗い、涙の跡を消して家に戻った。忍はまだいるだろうかと案じつつ帰った家の玄関にはもう靴がなくて、心の中で安堵して茶の間に入った。慶舟はテーブルで仕事をしていて、忍のことには何も触れず、いつものように、お帰り、とぶっきらぼうに、けれどぬくもりを感じさせる表情で迎えてくれた。ただいまと答える声が震えずに済んだことに胸を撫で下ろし、凜太はすぐに風呂場へ向かった。湯船につかりながら、もう泣くな、心を強く持てと自分に命じた。

だから慶舟には、あの日の会話など聞いていなかった顔をしている。ずっとそれを貫き通すつもりだ。――ふたりの本当の関係を慶舟の口から聞かされたら、普通の顔をしていられる自信がない。

慶舟の家を出るという決意を、桃子と創英には昨夜伝えた。突然のことにふたりとも驚き、創英は、慶舟が何か気に障《さわ》ることをしてしまったのではと心配した。全然違うと凜太は首を振った。

（学生と社会人じゃ生活リズムもちょっと違うし。それに友達を呼びたいと思っても、慶舟さんは気にしなくていいって言ってくれるけど、やっぱり悪いかなと思っちゃうから）

慶舟との間で何かあったわけではなく、あくまで自分のわがままであの家を出たいのだと強調した。桃子はそれならここから通えばいいと言ったものの、冬場から中距離通学を始めるのは大変だと創英が執《と》り成《な》してくれた。

（ひとりで暮らしたい年頃なんだろう。凜太くん、その代わり、これまで通り休みにはちゃんと顔を見せてくれるかい？）

はいと凜太が頷くと、これで決定というように、よし、とおだやかに創英が微笑んだ。桃子もそんな創英に呆れたような、嬉しそうな表情を浮かべて、結局それ以上凜太の決断に反対はしなかった。よかったねと目配せしてきた創英に、凜太は初めて父親としての頼もしさを感じた。

とりあえず物件を決めるときには自分たちも行くから、ネットで調べるなり、不動産屋を回るなりして下見をしておくようにと桃子に命じられた。

残る問題は資金だった。差しあたって必要な金額はまだ貯《た》まっていなくて、申し訳ないけれど貸してほしいと凜太が頭を下げると、いいんだよと創英は鷹揚《おうよう》に首を振ってくれた。それくらいは出せると胸を張られ、凜太は厚意に甘えさせてもらうことにした。

そして慶舟には自分から伝えたいので、まだ黙っていてほしいと頼んだ。もちろんと創英は承諾《しょうだく》してくれて、でも、と少し複雑そうな笑みを浮かべた。

（寂しがるだろうな。凛太くんのこと、本当に可愛がってるから）

その言葉に凛太が苦笑いで応えた。

……確かに可愛がってはくれている。でも寂しいかどうか——自分がいなくなることで取り戻せる生活への喜びのほうが、ずっと大きい気がした。

そんなやり取りを済ませて札幌に戻り、今は不動産屋を回っている最中だった。

ネットやフリーペーパーで下調べをしていたものの、希望の条件に当てはまる物件はやはりなかった。今住んでいる辺りはファミリー向けの物件が多くて家賃が高い。もう少し大学寄りで良かったら学生向けのワンルームの建物は多いんですけどねえ、とさっき入った不動産屋でも言われた。

けれど出来れば場所は変えたくなかった。あの界隈《かいわい》は生まれたときから住んでいて馴染んでいるし、それに何より慶舟の家に近い——自分から家を訪れることはなくても、どこかでばったり会えることを期待している自分は相当女々しいとわかってはいるが。

とは言え資金を出してもらう立場で贅沢《ぜいたく》は言えない。大学近くの家賃が抑えめの物件も視野に入れて、検討《けんとう》し直したほうがいいのかもしれない。

息をつき、派手なのぼりがはためく三軒目の不動産屋に入ろうとしたときだった。

「——凛太？」

不意に名前を呼ばれてふと顔を向けた。あ、と凜太の口から声がこぼれた。亮介《りょうすけ》がすぐ近くにいた。買い物をしてきたのか、手にスポーツ店のショップ袋をぶら下げている。

亮介に会うのは、九月に夜勤明けで忍を迎えに来た日以来だ。そのときにこれから年内は忙しくなりそうだと言っていた通り、あれから慶舟の家には来ていなかった。

「どうしたんだ、――不動産屋？」

怪訝そうに呟く亮介に、咄嗟《とっさ》に返す言葉が浮かばない。まさかここで亮介に会うだなんて思ってもみなかったから、曖昧《あいまい》に誤魔化したらいいのか、はっきり事実を言ったほうがいいのか、どうするべきかまったくわからなかった。

「――慶舟のところ、出るのか？」

まっすぐ問いかけられて、結局凜太は頷いた。

「……ひとりで暮らそうと思って」

暗い調子にならないように気を付けながら言った。亮介が軽く眉を寄せる。

「何かあったのか？　――まさか誰か連れ込んだとか、手を出されたとか」

「違います！」

思わず大きな声で否定したのと同時にはっと我に返った。すれ違う人々の視線が痛い。自分を落ち着かせるように、凜太はひとつ息を吐いた。

「……そういうんじゃなくて、あの、なんていうか、やっぱりひとりで暮らしたほうがラクかなって──」

ぎこちない説明をする凜太を、亮介が黙って見やる。

「お互い気を遣うし、身内だから余計気になるっていうか。それに生活時間も違うし、遅い時間に帰ってきたら迷惑かけるから、バイトも夜のシフト入れにくいし」

訊かれているわけでもないのだから、別に話す必要はない。なのになぜか沈黙を保つことが出来ず、自分の言葉が上滑りになっているような気がしつつも、凜太は思ってもいないことをぐちゃぐちゃと喋《しゃべ》った。ひとつも相槌《あいづち》を打たずに聞いていた亮介が、ゆっくりと口を開いた。

「──慶舟は？　それでいいって？」

静かに問われ、凜太はふっと亮介を見た。強張《こわば》ってしまった表情で察知したのか、亮介は軽く眉を寄せ、確かめるように呟いた。

「知らないのか」

「まだ黙っててください」

凜太が亮介をみつめて頼む。亮介は何か考えているような面持ちで凜太をみつめ返し、それから静かに尋ねてきた。

「いつごろ出るつもりなんだ」

「……物件が見つかったら、すぐに」

なぜか声がちいさくなった。亮介のまなざしに居たたまれない気分になる。

今まで世話になったのに、自分のわがままで家を出る勝手な人間だと思われているのかもしれない。亮介のことは人として好きだから、嫌われるのは悲しいけれど、それも仕方のないことだった。

いくらか沈黙が続く。もう話はないということだろうか——頭を下げて別れようとしたら、凜太、と呼び止められた。

「うちに来るか?」

「え」

思いがけない言葉に凜太が目を丸くした。亮介はいつも通りの平然とした顔で、淡々と言葉を続けた。

「見つかったって当然その日に引っ越せるわけじゃないだろう。新しいところに住めるようになるまで、うちに来てたらいい」

「いや、でも」

確かにこの上なく有り難い申し出だけれど、亮介にまで迷惑をかけるわけにはいかない。ためらう凜太に、亮介は気負いの感じられない声で言った。

「急いで探してひどい物件を選んだらのちのち大変だぞ。大きい金が絡むんだし、しっかり満足がいくまで考えて選べ」

亮介が言うことはいちいち尤《もっと》もで、はい、と凜太はちいさく頷いた。

「今仕事が忙しいから、俺は寝に帰るだけみたいなもんだし。それに家も慶舟のところとそんなに離れてないから、環境もそう変わらなくて楽じゃないか？」

行ったことはないものの、亮介のアパートは慶舟の家から歩いて十五分ほどの距離だと聞いている。亮介、忍、慶舟、三軒でちょうど正三角形を作っているらしい。

「──少し時間が経《た》てば、気が変わるってこともあるかもしれないし」

そう言い添えられた言葉に、亮介の思いがすべて詰まっている気がした。

おそらく自分が言った家を出たい理由は表向きで、慶舟と喧嘩でもして、その勢いで家を出ようとしていると考えているのだろう。だからアパートをゆっくり探せというのは、冷静になる時間を取れということに思えた。

現実は少し違っているけれど、亮介の思いやりは有り難かった。

「今から仕事だから、明日迎えに行く。必要な荷物まとめとけよ」

「明日ですか？」

急な展開に凜太が目を瞠《みは》る。亮介は当然という顔で首肯《しゅこう》した。

「早いほうがいいんだろ」

強引に決めてくれたのは多分亮介なりの優しさだ。まわりの優しさに甘えっぱなしな己《おのれ》に呆れながら、それでも結局その温かさに寄りかかってしまう自分がひどく情けない。

「……ありがとうございます」

そう言って頭を下げた凜太に、亮介が軽く笑って応える。ポンと凜太の肩に手を置いて歩き出した後ろ姿を、感謝の思いを抱いて見送った。

とりあえず今日明日中に物件を見つけ出さなくてもいいと思うと少し気が楽になった。目の前の不動産屋に入り、物件のチェックをして、軽い説明を受けてから外に出た。地下に降り、ちょうど来た電車に乗る。

日が暮れるのが早いこの時期は、ほんの数分で外の明るさが変わる。駅に着き、改札を抜けて外への階段を上がるともう薄暗くて、あちこちに夜の気配が漂《ただよ》っていた。冷えた空気を吸い込んで、雪が降る夕暮れ時の街並みへ踏み出す。寒さが寂しさの後押しをして、凜太は無意識に背中を丸くした。

今日は忍は来ているだろうか——もしいるのなら、もう着くと慶舟に電話をしておけば、自分に聞かれたり見られたりしたらまずい状況は作らずにいてくれるんじゃないか。そんなことを考えながら、ポケットから携帯を取り出そうとした瞬間、着信音が鳴った。慶舟からの着電で、心臓がドキッと跳ねた。深呼吸をしてから、そっと画面をタップする。

『どうした？　まだ帰ってこないのか』

耳元で響く声が胸に沁み込んでくる。

「今地下鉄降りたところ。もうすぐ着くよ」

呑気な調子を装って凜太が返す。そうか、と慶舟が言い、前、と続けた。

「前？」

鸚鵡《おうむ》返しに呟き、ふと視線を遠くに向ける。

「――あ」

少し先にある交差点の向こう側、薄暗がりの中に、見慣れた長身が立っていた。

『やっと気付いた。遅いから迎えに来たぞ、お子様』

慶舟がおかしそうに笑って通話が切れた。同時に凛太が走り出す。運悪く、渡る直前に信号は赤に変わってしまった。携帯を手に持ったまま立ち止まり、凛太は息を切らしてうつむいた。

鼓動が速いのは、走ったせいじゃない。

――まずい。こんなちょっとした優しさで、慶舟への思いがまた募《つの》ってしまう。慶舟にとっては保護者としての責任感でしかないことだとわかっているのに。離れるのが苦しくなってしまう――いつもそばにいて、その無償の優しさを注がれていたいと願ってしまう。

けれどそれは叶わない。無理なことを望んでもどうにもならない。

「……しっかりしろ」

小声で自分に言い聞かせると、ちょうど信号が青に変わった。小走りで信号を渡る。

「お帰り」

からかうような笑みで迎える慶舟をみつめ、ただいま、と凛太が返した。

「ごめんなさい、――ありがとう、来てくれて」

「いや。たまに散歩をしたくなっただけだ」

慶舟はさらりと答え、うっすらと雪が積もる道を引き返す。その隣に凜太が並んだ。

……こうやってふたりきりでおだやかな時間を過ごすのも、今日で終わりになる。明日になったら自分はここにいない。自分の隣に慶舟もいない。

そう思った途端、どうしようもないせつなさが胸にこみ上げてきた。こんな時間が幸せだからこそそれを手放すのが苦しい。ふっと気を緩めたら泣いてしまいそうで、凜太はきつく奥歯を噛み締めた。

苫小牧での話をしているうちに夕暮れ時の散歩は終わり、明かりが灯《とも》る家に着いた。茶の間に入ると、ストーブで暖められたほわりとした空気が、冷えた体を優しく包んでくれる。

「買い物でもしてたのか?」

上着を脱ぎながら慶舟が静かに問いかけてきて、凜太は曖昧な笑みを浮かべた。

「——大通で亮介さんに会ったよ」

ひとつ息をついてからそう口にすると、慶舟がひょいと眉を上げた。

「亮介に?」

「そう。——それでさ、突然なんだけど、おれ、ここを出ようと思って」

「……なに——?」

慶舟がふっと動きを止めて凜太を見た。その表情は一瞬険《けわ》しくもみえたけれど、ただ呆然としているようにもみえた。

どう慶舟に話そうか、この一週間ずっと考えていた。話すのに相当な勇気が必要なこともよくわかっていた——慶舟の反応がどんなものになるか怖かったし、それに家を出ると口にすることで、もう後には引けなくなってしまうから。とはいえ黙っているわけにはいかない。だから静かに覚悟を決めて、切り出した。

言葉もなく、ただ硬い表情で自分をみつめる慶舟に、凜太はわざと軽やかな口調で続けた。

「やっぱり何もかもひとりでしてみたいっていうか、ひとり暮らしへの憧れがどんどん膨らんでるっていうか」

「……そうか」

慶舟がぽそりと呟き、畳に胡坐をかいた。保護者としての責任感で頭ごなしに反対してくるかもしれないという予想は外れ、案外冷静な反応だった。

その態度に安堵以上に落胆《らくたん》を覚えてしまう自分を凜太は責めた。当然じゃないか——慶舟は親切心と責任感で自分をここに置いてくれているだけ。自分が出て行けば、慶舟の自由が増えるのだ。むしろこの時が来ることを前からずっと待っていたのかもしれない。

「金は貯まったのか」

静かな声で問われ、ううん、とぎこちなく笑んだ。

「とりあえずお義父さんたちにちょっと頼らせてもらうことにした。働いて返す」

「それは気にすることないだろうけど――、いつごろだ。来年の春？」

「……いや、明日」

「え？」

凜太の言葉に慶舟が聞き間違えたのかというように眉を寄せた。軽く息を吸い、凜太は意を決して声にした。

「明日出るよ。物件はこれから探す。とりあえず決まるまで、亮介さんのところにお世話になることになった」

「何だって？」

そう言ったのと同時に、慶舟が凜太の手首をぐっと摑んだ。

「――痛っ」

思いがけない力に眉を寄せた凜太を見て、はっとしたように慶舟が手を離す。ごめん、と珍しく気弱に目を逸《そ》らした。

突然のことに混乱しているのか、慶舟はしばらくうつむいていた。こんな時だというのに、今慶舟に摑まれた箇所《かしょ》から感じるじんわりとした熱に心と体が疼《うず》き、そんな自分に凜太は辟易《へきえき》した。

やがて顔を上げた慶舟は険しい表情で凜太をみつめ、諭《さと》すように口を開いた。

「亮介のところへ行くのはおかしいだろ。どうして物件が決まるまでここにいないんだよ。大体どうしてそんなに急いでここを出る?」

「いや……、あの」

亮介のところへ行くことはさっき決まったばかりで、それに対する言い訳はまだ考えていなかった。自分の迂闊《うかつ》さと、咄嗟《とっさ》に言葉を返せない愚鈍《ぐどん》さに臍《ほぞ》を噛む。そんな凜太に、慶舟はどことなく昏《くら》いまなざしを投げかけてきた。

「……やっぱり俺のことが気持ち悪いか」

「違う!」

即座に強く否定していた。その剣幕に慶舟が大きく目を見開く。声にしてからムキになりすぎたと気付いたけれど、どうしようもなかった。自分を落ち着かせるように凜太は息を吐き、それから慶舟をまっすぐにみつめた。

「——慶舟さんのことを気持ち悪いだとか、そんなふうに思ったことは今まで一度もないし、これからだって絶対ない、有り得ない」

自分でも初めて聞くような力強い声が喉からこぼれた。それを聞いた慶舟が、また困惑したような表情になる。

「じゃあどうして——」

慶舟の顔色がすっと変わった。まなざしに厳しさが籠《こも》る。

「まさか……、亮介のことが好きなのか」

まったくの見当違いの言葉に凜太が思いきり首を振った。

「なんでそんな――、亮介さんのことは好きだよ。でもそういう気持ちじゃない」

きっぱり否定すると、我に返ったように慶舟が額を押さえた。

「――そうだよな、凜太はこっちの人間じゃないもんな」

ふっと息を吐き、慶舟が嗤《わら》った。どことなく自嘲めいた――自分と凜太とを線引きしているように感じられ、その線を引かせてしまったのは自分だと、凜太の胸が軋《きし》む。

「……だけどそうじゃないなら尚更《なおさら》だ。どうして亮介のところに行く？　なんでここにいないんだよ」

当惑と叱責が混ざった慶舟の声に、凜太の心がじわじわと追い詰められていく。

言えるものなら言ってしまいたい――慶舟と忍の邪魔をしたくないからだと。でもそうしたらきっと、感情につられて自分の思いも晒《さら》してしまうことになる。そうなったら今のままでは――叔父と甥としてはいられなくなる。

堪《こら》えるようにきつく拳《こぶし》を握り締め、うつむき、唇を引き結んだ。そんな凜太に慶舟は、毅然《きぜん》として言葉をぶつけてきた。

「ひとりで暮らしたいっていうのはわかる。俺にも昔そんな時期があった。……だけど今はひとりよりふたりがいい。――凜太といたい。凜太と一緒に暮らしたい」

（あ――）

その言葉が、凛太が必死に支えていた何かを一瞬で崩壊させた。自分の中で音を立ててくだけ散ったもの——その正体は、この関係を保ち続けたいという願いだった。

単なる社交辞令で放たれたのかもしれない言葉。本当に一緒に暮らしたい相手は、自分じゃなくて忍じゃないのかと思う。それでもそのひとことはとてつもないエネルギーを持っていた。

家族でいようと思っていたのに、もしかしたら慶舟にはそれ以上の感情があるんじゃないかと期待してしまうような——そんなこと、有り得ないのに。

「……どうして」

涙をこらえて顔を上げ、慶舟を見据《みす》えて凛太は声を振り絞った。

「どうしてそんなこと言うんだよ、大事に守っていこうと思ってたのにどうして壊したくなること言うんだよ——！」

そう訴《うった》えながら、慶舟は何も壊していないとわかっていた。これはただの八つ当たりだ。悪いのは他ならぬ自分。こちらを見てはくれないひとを好きになってしまった自分——。

それを頭で理解していても、一度手離してしまった感情の舵《かじ》を再び取ることは出来なかった。

「……おれがいたら邪魔じゃん」

低く吐き捨てた凛太に、慶舟が立ち上がり、どうして、と責めるように口にする。その顔をきつく凛太はみつめた。言いたくはない——でも言わなければならなくなってしまったひとこと。胸がちぎれる思いで凛太が口を開く。

「──忍さんのこと好きなんだよね？」

　声が掠《かす》れた。泣かずに言えただけ良かった。これ以上惨《みじ》めになるのは嫌だった。けれど慶舟の反応は、凜太の予期しないものだった。

「好きって……、俺が忍を？」

　眉を寄せた慶舟は、心底から怪訝に感じているようにみえた。まだ隠そうとしているのか、それとも本当にそんな事実はないのか──判断が出来なくて、一瞬凜太の心が揺らぐ。でも確かにあの日耳にした。

「──隠さなくていいよ。ごめん、この前聞いたんだ。忍さんが慶舟さんに好きだって言ってるの」

「忍が俺に？」

　演技なのか本心なのか、依然《いぜん》としてまったく思い当たる節《ふし》がなさそうなその顔に向かい、凜太は切り出した。

「この前の金曜日──、おれが夜中に帰ってきた日。あの日、忍さん来てただろ。おれ、本当は八時過ぎに一度帰ってきてたんだ。友達と映画行くのが中止になって」

　昂《たか》ぶる感情を抑え、静かに言葉を吐き出す。自分が放つ言葉に自分がどんどん傷ついていっているのがわかる。それでも伝えなければならなかった。

「あのとき聞いた。忍さんが、好きだからそばにいたいって。言って──、慶舟さん、俺だって同じだって答えてた」

「……あ——」

何か考えるようなまなざしでいた慶舟が、思い出したのか、ふと声をもらした。そしてその表情が曇《くも》る。しばらく慶舟は無言で厳しい面差しをしていたけれど、意を決したような瞳を凜太に向けた。

「誤解だ。忍が好きなのは俺じゃない、別な人間だ」

「——え」

思いがけない告白が凜太の頭を真っ白にした。慶舟の言葉には嘘の感じられない、誠実な響きがあった。

「……慶舟さんじゃない？」

呆然としながら口にした凜太に、そうだ、と諭すように慶舟が答える。

「あの日はふらっとやって来て、その相手に気持ちを伝えられないって、つらいって言ってた。ここんところなかなか会えなかったりで、精神的に煮詰まってたみたいでな。好きだからそばにいたいのに、それが伝えられない、苦しいって。その気持ちはわかるから、——俺もそうだから、同じだって言った」

静かに紡《つむ》がれる言葉を、凜太は厳粛《げんしゅく》な思いで聞いた。

もしかしたらこの前慶舟の留守にやって来た時も、その話をしたかったのだろうか。そんな忍の気持ちや状況がわかっているから、だから慶舟も、忍を呼べば良かったかとあの時考えたのだろうか。

忍と慶舟の間には友情以外何もなかったのだと安堵したのはほんの一瞬で、慶舟自身の口から明らかにされた事実に息が出来なくなりそうなほどの苦しさを覚えた——忍ではなくても、慶舟にはやはり好きな相手がいるのだ。推測や疑念ではなく、本当に。

「……慶舟さん、やっぱりいるんだ、好きなひと。いるよね、いて普通だよね」

急いで繕った不自然な笑みを浮かべながら凜太が言った。自分の顔が引き攣《つ》っているだろうと思いつつ、凜太は慶舟に視線を投げた。

「それじゃあそのひとと暮らしなよ」

泣きたいのを堪えて呟いた凜太に、ひと呼吸おいて慶舟が答えた。

「暮らしてる」

静かな、それでいて力強い声だった。え、と声をこぼす凜太を真正面からみつめてくる。

「——俺は今、好きな相手と暮らしてる。だけどその子が急に出て行きたいって言い出して、必死に止めてる最中だ」

心臓が壊れてしまいそうなほど早鐘を打つ。信じられない言葉を今聞いている気がする——現実なのか夢なのかわからなくなる。呆然と目を見開く凜太からまなざしを逸《そ》らさず、慶舟が力強く告げた。

「……俺が好きなのは凛太だ」

落ち着いた響きの内に、とてつもない熱を感じる声。凛太の頭の中でぱちぱち火花が飛ぶ。

「……好き――？」

ぼんやりと声をもらした。そうだ、と慶舟がはっきりと頷く。

「――だって前、おれのこと対象外だって」

虚《うつ》ろな凛太にじっと瞳を据えて、慶舟が言った。

「初めて会ったとき――、覚えてるか？　新聞と握手を間違えて」

忘れろと言われても忘れられない。ぼんやりしながら凛太は慶舟に目を向けた。

「あのときの真っ赤になった顔がやけに可愛くて、また会いたいと思った。だからしたくもない早起きをして、会える機会を作った。健気《けなげ》だなとか、一生懸命でいい子だなとか、――親しくなっていくうちに、自分が恋心めいた感情を持ち始めてることに気がついて……、だけどまさか有《あ》り得ない、子供なんて――一回りも下の高校生なんて好きになるわけがないって、ゲイバーで会った男と寝ようとした。家に来たいってせがまれて、キスされたところを凛太に見られた。見られたのは本当に偶然で、わざとじゃない。――真っ赤になって逃げて行った凛太を見て、自分が完全に恋してるんだって自覚したよ。結局その相手にはそのまま帰ってもらって、それきり会ってない」

そうか、忍ではなかったのか――思いがけず打ち明けられた真相に、凛太は深く息を吐いた。

「あんな場面を見られたら誤魔化しきれなくて、それでゲイだってことは伝えたけど、本当はきみを狙《ねら》ってますなんて言ったら二度と会えなくなるかもしれないから、対象外だって嘘をついた。ごめん」

真摯に謝られ、いや、と首を振る。とても信じられない告白に、どう反応していいのかわからなかった。ただその言葉を聞いているだけで精一杯だった。

「兄貴と義姉《ねえ》さんの結婚の話を進めたのも、本当のことを言ってしまえば、兄貴の幸せのためっていうよりも、俺が凜太と身内になりたかったから。……確かなつながりが欲しかった。この家に住まわせたのも自分のためだ。──いずれ凜太は彼女を作って、俺の手の届かない場所へ行く。だからそれまではふたりで暮らしたかった。いい歳してなに女々しい真似をしてるんだって思うけど、ほかに方法がなかった」

痛切さが滲《にじ》むその胸の内が、凜太の心を激しく揺さぶる。自分と同じようなことを考えていたなんて──そんなふうに自分を思ってくれていたなんて、まるで現実のこととは思えなかった。夢でも見ているような気分だった。

「男同士だし、年も離れてるし、家族になったんだし、対象外にしなきゃいけないと思ってた──、恋しちゃいけないと思ってたし、今も思ってる。……だけど好きだ」

熱を持つ優しい不思議な声音。その声がきゅうっと凜太の心に染み込んでくる。

好きなひとが自分を好きでいてくれた。──まだ現実味を感じられないその言葉を信じていいのか――慶舟も自分を思ってくれているのだ、と。

「本当――？」

無意識にこぼれた呟きはかすかに震えていた。本当だ、と慶舟が優しく頷く。

「生憎《あいにく》いくら身内になったからって、どうでもいい相手と一緒に暮らせるほど面倒見が良くないし、好きでもない相手の顔を見るために三年近く苦手な早起きなんかしない」

茶化すように、けれど堂々と慶舟が言い切った。

「……凜太は？」

続けて慶舟が、どことなく楽しそうに問いかけてきた。

「凜太は俺をどう思ってる？　俺に好意を持ってくれてるのは前からわかってはいたけど、それがどんな種類なのかわからなかった。男の家族がいなかったから、兄弟みたいな気持ちなのかもしれないと思ったり、年の離れた友達みたいな感じなのかって思ったり。凜太の気持ちがわからなくて、踏み込めなかった。――でも」

そう口にし、慶舟が一歩近づいてきた。

「今の態度を見てたら、俺が期待してる種類の好意みたいに思えるんだけど。……違うか？」

目を細めて甘くささやきかけてくる。

もう逃げられなかった――逃げる必要もなかった。慶舟の顔をみつめ、震える声で告げた。

「――慶舟さんに会いたいからずっと新聞配達を続けてた。一緒に暮らせることになったとき、飛び上がりたいくらい喜んだ。今までおはようしか言えなかったのが、おやすみも言えるようになって嬉しかった。……おれも好き。慶舟さんのことが、ずっと前から」

そこまで言葉にした途端、唇を唇でふさがれた。目を閉じることも出来ず、凛太は呆然とそのくちづけを受けた。生まれて初めてのキス――それも世界一好きな相手からの。

「……よかった」

凛太を抱き寄せ、慶舟がほっとしたような声をもらした。その声を聞いて、もしかしたら不安だったのは自分だけじゃなかったのかと――慶舟も同じだったのかと思った。そんな気持ちにさせてしまったことが申し訳なくもあり、嬉しくもあった。

「……本当に信じられない」

ぽつりと呟いた凛太の額に、優しく慶舟がくちづけを落とす。

「俺だって信じられない。だけど事実だ」

からかい混じりに言う慶舟を見て、うん、と面映《おもは》ゆい気持ちで凛太が頷く。凛太の頬に優しく指先で触れ、慶舟がささやいた。

「亮介に連絡しておかないとな。引っ越しは取りやめになったって」

「――え、行くけど」

「は？」

慶舟が目を見開き、凛太がぱっと笑った。

「冗談だよ」

「……おいおい、いい度胸だな」

慶舟が眼鏡の奥の目を光らせ、凜太の首に腕を回した。ごめんごめんと笑って謝る。ごめんじゃ済まないと慶舟が、凜太の体を畳に倒した。

「ごめん、ギブ！」

笑ったまま解放を求めたものの、慶舟もふざけているのか、凜太の上にのしかかった体をどけようとしない。

つい混ぜっ返してしまったのは、甘い空気がどうしようもなくくすぐったかったからだ。お互い何も変わっていないのに、関係だけが変わってしまったことが落ち着かない。嬉しいけれど、照れくさくてじっとしていられない。

「悪い子にはお仕置きが必要だよな」

慶舟が空々しく言って、凜太を見下ろす。え、と思ったときには濃厚なくちづけを与えられていた。

「ん――っ！」

息が苦しくて慶舟の胸元を叩く。慶舟がおかしそうに笑いながら唇を離した。

「鼻で息」

「そんなこと言われたって――」

熱い頬で慶舟を責める。あまりに動揺してしまうと、日常的に行っていることが出来なくなるものなのだと初めて知った。

視界に映る、自分を見下ろす優しい瞳。……このひとが自分を好きでいてくれた。自分の思いを受け止めてくれた。生まれて初めて感じる、最大級の幸せだった。

「……好き」

ぽつりと呟く。慶舟が軽く眉を寄せた。その顔をみつめたまま、凜太が言葉を続けた。

「――ありがとうございます、好きになってくれて」

そう言い終えた瞬間、またくちづけられた。激しいくせに、そこから慈《いつく》しむような思いが伝わってくるキスだった。慶舟とくちづけたらどんな気分になるだろうと想像していたけれど、現実のキスは頭の中で思い描いていたもの以上に、世界が遠のいていくような、圧倒的な力があった。もっと長くこうしていたい、もっとその唇を味わいたい――生身の欲を引きずり出してくるような強い力が。

ゆっくりと慶舟が唇を離し、優しく微笑みかけてくる。

「……こっちこそ。ありがとう」

愛おしみに満ちたまなざしが凜太を包み込み、指が優しく頬を撫でてきた。その指先に思わず頬をすり寄せた。

「――凜太」

せつなげに慶舟が名前を呼ぶ。好きなひとに名を呼ばれることがこれほど嬉しくて、心も体も熱くなるなんて、慶舟に会うまで知らなかった。

「慶舟さん、おれ――」

慶舟をそっと見上げる。心と体を熱く昂ぶらせているこの正体が何なのかわかる気がしたから。

「キスの先もしたい」

「え?」

眼鏡の奥の慶舟の瞳が戸惑うように揺れる。その目をじっと見据え、凜太は本能に突き動かされるままねだった。

「してほしい」

そう言った瞬間、慶舟が眉を寄せた。

「――そういうことを簡単に言うな。今日はキスだけで終わらせるつもりなんだよ。理性でぎりぎり抑えてるのに爆発するだろうが」

「爆発してよ」

「凜太」

たまらなげに叱責する慶舟から視線を逸らさず、凜太は畳みかけるように言った。

「簡単にじゃない。確かに怖くないわけじゃないし、気持ちも追いついてないかもしれない。

だけど慶舟さんが好きで、慶舟さんもおれのこと好きでいてくれてるってわかって、それこそ爆発しそうなんだよ」

慶舟の服を摑む指先はかすかに震えていたものの、凜太は懸命に思いを伝えた。

思いが通じ合ってすぐに体もなんて、そんな駆け足な展開を相手が誰であれ、自分がすることはないだろうと思っていた。なのに慶舟の思いに触れたら、自分でも信じられないほどの欲が湧き上がった。このひとに触れたい、近付きたい。出来るものなら隙間なくぴったりと触れ合っていたい。その欲求に突き動かされるまま、凜太は訴えた。

「慶舟さんにもっと触りたいし、触ってほしい。手、出してよ。……駄目かな」

「……ったく、ひとの理性を何だと――」

苛立《いらだ》たしげに言い捨てた慶舟の指先が凜太の頰から顎、喉に滑《すべ》る。セーターの裾《すそ》をたくし上げ、胸元にくちづけてきた。長い指先が平たい胸を撫で、唇で突起を啄《ついば》む。

「ん……っ」

くすぐったさとむず痒《がゆ》さ、そして時間が経つにつれてそれらとは別の、これまで感じたことのない感覚が湧き上がってきて、凜太はきつく唇を嚙み締めた。

「我慢しなくていい。凜太の気持ちのいいことも嫌なことも、全部知りたいから」

甘く低い慶舟の声。けれどどう伝えていいのかわからない。慶舟に触れられると、体中に説明しがたい快感が走り抜けていくことを。

慶舟の手がゆっくりと下りてきた。ジーンズのジッパーを下げられ、下着の上から勃《た》ち上《あ》がったそこに触れられる。反射的に体を震わせた凜太に慶舟が笑いかけてくる。

「良かった、反応してくれてて」

冗談めかして言いながら、どこかその声は真剣さを帯びていた。一瞬なぜなのか意味がわからず、少ししてから気が付いた。確かに同性との行為だから、もともとゲイではなかった相手が反応するかどうか気がかりだったのだろう。心配なんかしてくれなくていいのに——こんなにもすべてが慶舟に反応しているのに。

「……慶舟さんは？」

凜太が言い、え、と慶舟が軽く首を傾げた。息を吸い、凜太が慶舟のそこへそっと手を伸ばす。

「——勃ってるね」

思わず事実を口にした凜太に、そりゃ勃つだろ、と慶舟が苦笑いした。

「好きな相手の体に触ってるんだから、自分が触られる以上に気持ちいいよ」

「……本当？」

そう言って、凜太が慶舟のズボンの前を寛《くつろ》げた。下着の上からでもその大きさがわかる。考えてみれば、今まで互いの裸を見たことはなかった。

「——大丈夫か」

慶舟が珍しく戸惑い混じりになっているのは、先程と同じく、凛太が同性の体に触れて嫌悪を感じないか心配しているからではないかという気がした。けれどそんな不安はまったく必要なかった。慶舟の体を、すべてを知りたい、触れ尽くしたい。触られるのと同じくらい、触るのも気持ちがいい。

「……すごい」

布地を通してでも、慶舟の肌に触れているだけで、どんどん昂奮《こうふん》が高まっていく。触られているときとはまた別の快さに、どうしようもなく心も体もざわついた。

「……直接触ってもいい？」

尋ねると、慶舟が少し驚いたような顔をした。

「いいけど――、平気なのか」

もちろん、と凛太が頷く。慶舟がひとつ息をつき、身を起こして胡坐をかいた。向き合うように凛太もその前に座る。

「――嫌ならやめていいからな」

慶舟らしくない躊躇《ちゅうちょ》を含んだ反応は、それだけ凛太の気持ちを気にしてくれているせいだろう。下着をそっと引き下ろすと、勢いよく性器が飛び出してきた。初めて見る他人の形を変えた性器に、言いようのない興奮と欲望を覚えた。もしこれが慶舟以外の人間のものなら、目を逸らしていたかもしれない。好きな相手の体というだけで、こんなにも心も体も高揚するものなのだと初めて知った。

そっと手を伸ばした。熱くて硬い――自分と同じ器官でありながら、自分とは違うもの。自分よりも太くて長い幹を、ゆっくりと上下に擦《こす》る。やがて先端からじわりと透明なしずくがあふれ出し、凜太の息遣いが自然と大きくなった。

「――俺もいいか」

慶舟が凜太の腰を引き寄せ、足を跨《また》ぐようにして座らせた。それから凜太の下着をためらいなく下ろし、勃ち上がった性器に触れる。

「あ――」

大人になってからは自分以外の手がここに触れたことはない。凜太はぞくりと背を震わせた。慶舟の指は緩急《かんきゅう》をつけて動く。行為自体は同じはずなのに、自慰《じい》とはまったく違う刺激。凜太の頭の中が真っ白になる。与えられる快感が強すぎて、慶舟のそれを慰撫《いぶ》することが出来なくなった。目を瞑《つぶ》り、慶舟がもたらす刺激にただ流されていたら、それまでとは違う感触を覚え、ふと目を開いた。

「――えっ？」

動転のあまり声がひっくり返った。凜太の性器に慶舟が唇をつけていた。

「慶舟さん、そんなこと――っ！」

全身の体温が一気に上がった気がした。慌てて慶舟の口をそこから引き離す。けれど慶舟は悠然とした面持ちで凜太を見た。

「俺がしたいんだ、させろ」

「や、でも」

初めて他人に――それも慶舟にそんなことをされて、どうしようもない羞恥《しゅうち》が襲いかかってくる。そしてそれ以上のすさまじい快楽を覚えてしまっていることに罪の意識を感じて、慶舟の肩を軽く叩いた。慶舟がふっと顔を上げる。

「……っ、気持ち良すぎる――、だからやめて」

涙目で頼むと、なんだそれ、と慶舟が喉で笑った。それでも、わかった、と口を離す。

ほっとしたのも束《つか》の間、慶舟が凜太の体を引き寄せた。痛いことじゃないからと前置きをして、ふたりの性器を合わせる。二本一緒に慶舟が上下に擦《こす》り出すと、今までの愛撫で感じた以上の快感が押し寄せてきた。慶舟の手、慶舟の性器、両方から強烈な刺激を与えられる。

「……ふ――っ」

慶舟の肩に額を載せ、凜太は快楽の波に耐える。こんなあっけなく快感の終わりを迎えるのはもったいない――でももう我慢が出来そうにない。

「――いきそう？」

慶舟がいくらか掠《かす》れた声で問いかけてきて、凜太はこくりと頷いた。

「……ごめん、早くて」

「いや、俺ももう——」

苦笑いして慶舟がささやき、手のスピードを速めてきた。数度擦り上げられ、凜太がちいさな呻《うめ》きを上げて慶舟の手の中に白濁《はくだく》の液を飛ばし、その直後に慶舟も射精した。

「すご……、なにこれ」

慶舟の胸元に抱き寄せられ、荒い息のまま凜太が呟く。今まで一度も感じたことのない快感の余韻《よいん》に、まだ体は引きずられている。

「大丈夫だった？　気持ち悪くないか」

慶舟が心配そうに尋ねてきた。凜太がくしゃっと笑う。

「悪いわけないよ。むしろ良すぎてどうしたらいいのかわからない」

恥ずかしさを堪えつつ本心を伝えたのは、ここで曖昧にしておくと良くないと思ったからだ。そうか、と安心したように慶舟が微笑み、凜太の性器を拭ってくれた。そのまま凜太の衣服を整えようとした慶舟に、待って、と凜太が呼びかけた。

「——この続き、あるんだよね？」

「……言ってること、自分でわかってるか？」

苦しそうに問い質《ただ》してくる慶舟をみつめ、凜太が頷く。

自分でも自分の大胆《だいたん》さに驚いた。それでもこの先へ進みたかった。どうにも抑えきれない欲望が体と心に満ちている。

「おれが本当に慶舟のものになったっていう印が欲しい。慶舟さんが好きで好きでどうしようもないんだ。慶舟さんを体で感じ取らせて」

切々と凛太が訴《うった》えた。同時に慶舟が舌打ちする。

「わかったからこれ以上煽《あお》るな。本気で理性がブチ切れる」

苛立たしげに言い捨て、慶舟が不意に凛太の腕を引いて立ち上がらせた。茶の間の隣の慶舟の部屋へ連れて行かれ、ベッドに体を倒される。茶の間から差し込むほのかな明かりの中、慶舟がベッドに片膝をつき、ぎしっと音をさせた。

「――やめるなら今だぞ。やっぱり嫌だとか待ったとか言われてもやめないからな」

凛太の服を脱がせ、自らも裸になりながら慶舟がどこか怒ったように言う。眼鏡を外したその顔を見上げ、凛太は頷いた。

「うん、やめたくない。……絶対やめないで」

腕を伸ばして微笑んだ凛太を、慶舟がきつく抱き締めてくる。

「まったくもう――、可愛すぎるんだよ」

尖った声で呟き、くちづけてきた。強引に入り込んできた舌に、凛太が懸命に応えようとする。それでも上手く反応できない。

「……本当に可愛いな」

慈しむようにささやいて、慶舟が瞼《まぶた》に啄《ついば》むようなキスを落とす。それからゆっくりと凛太の両足を持ち上げたかと思うと、誰にも晒《さら》したことのないその箇所を舐《な》めた。

「わっ」

凜太の口から我知らず大きな声がこぼれた。

「慶舟さん、いいって、そんなこと――」

性器にそうされる以上に羞恥心と申し訳なさが強くて、凜太は慌てて慶舟を止めた。なのに慶舟は、やめないでって言った、とぬけぬけと言い切って続けた。

「や、でも汚いじゃん」

こんな行為があることはわかっていたものの、まさか自分がされるとは思っていなかった。それもシャワーを浴びる前だ。けれど慶舟は平然とした面持ちで、凜太の内腿《うちもも》を唇ですっと撫でた。

「汚くない。でもたとえ汚かったとしても気にならないぐらい、凜太が好きだし欲しいんだよ」

温度の高い告白のあと、慶舟がまた後ろの窄《すぼ》まりを唇で慰撫してくる。くすぐったさと快感とが入り混じって、じっとしていられない。そんな凜太に、宥めるようにささやいた。

「ちゃんとしておかないと後でつらいから」

確かにそれはわかる。太くて長い慶舟の性器を受け入れるのだ――つらくないわけがない。でもどんなにつらくてもいいから、この恥ずかしさから抜け出したい。

「……慶舟さん、ホントにおれ、恥ずかしすぎて倒れそう――」

凜太のきれぎれの訴えに慶舟が笑う。

「わかった。倒れられたら大変だからな」

慶舟がそんな呟きとともに唇での愛撫を終え、ほっと息をついたのも束の間、その違和感に凜太はびくりと肩を震わせた。

「なに……？」

慶舟の指が唾液《だえき》のぬめりを借りて、凜太の中に入り込んできた。長い指がゆっくりと体内で蠢《うごめ》く。

「や、慶舟さん——」

咄嗟に慶舟の腕に縋《すが》りつく。大丈夫、と慶舟が優しく落ち着かせた。

「濡らした後はほぐす。そうしたら少しは痛みが減るはずだから」

尤《もっと》もらしく口にして、凜太の体の中でそっと指を動かした。

「ん……っ」

違和感はあっても痛みはない。初めての感覚に戸惑いつつ、それでも慶舟がついていると——慶舟がしている行為だと思うと怖くなかった。しばらくそんな慰撫を施《ほどこ》されているうち、じわじわとそこが柔らかくなっていくのが自分でもわかった。慶舟も同じ手ごたえを感じたのか、やがてゆっくりと指を抜いた。

「……ほぐしたつもりだけど、初めてだからつらいと思う。ローションもゴムもないし」

悔しげに慶舟が言い、凜太に熱の籠ったまなざしを向けてきた。

「そんな状態ならするなよって思うんだけど……、ごめん、俺も凜太が欲しくてどうしようもない。俺のものだって刻みつけたい」

「うん——、おれも」

照れくささを覚えながら頷いた。それから慶舟を見上げて微笑みかける。

「体中で慶舟さんのものになりたい。おれのものにしたい」

そう言うと、この、と慶舟がこらえきれないように顔をしかめ、ゆっくりと凜太の中に押し入ってきた。

「った——」

無意識に呻きがこぼれた。大丈夫かと動きを止めた慶舟をみつめ、平気、と凜太は慌てて返事をした。

「何ともないから……、だからちゃんと奥まで——お願い」

凜太の懇願《こんがん》に慶舟が困ったような笑みを浮かべた。

「本当にもう——、凜太は俺を煽る天才だな」

苦笑いで呟き、ひと呼吸おいて、ぐっと慶舟が身を進めた。

「ん——っ」

反射的に凜太が声をもらす。慶舟がまた動きを止めた。

「つらいか？　無理そうなら――」

いたわるように訊いてきた慶舟に、凜太が思わずちいさく笑った。慶舟が怪訝そうに見下ろしてくる。凜太が目を細め、ちいさく呟く。

「やめないって言ってたくせに」

凜太の指摘に慶舟が渋面《じゅうめん》になる。結局は慶舟は優しい――自分を一番に考えてくれている。その温かさが嬉しかったけれど。

「……平気だからやめないで。嬉しいんだよ、おれ――ずっと慶舟さんの恋人になりたかったんだから」

ストレートな本音を、慶舟はしっかりと受け止めてくれた。

「――凜太は大事な恋人だよ。大切で、どうにもならないくらいに可愛い」

そう言って、凜太の奥深くまで身を沈めた。引き攣るような痛みの中、入った、と慶舟の吐息が聞こえてきた。

「……ごめん、多分今日は痛い思いしかさせられない」

苦しそうに慶舟が詫《わ》びた。いや、と凜太が首を振る。

「痛いだけじゃない。ものすごく嬉しい」

慶舟をみつめて、凜太が言葉を続けた。

「――すごいよね。好きなひととこんなことが出来るなんて……、幸せすぎ」

うっとりと息をつくと、慶舟がきつく抱き締めてきた。

「……本当に敵《かな》わない」

耳元でささやかれた言葉の意味はわからなかったけれど、尋ねることは出来なかった——慶舟の動きについていくのに必死で。腰を使いながら、慶舟が凜太の性器をてのひらで愛撫してくれた。体の中と外、両方からの強烈な刺激におかしくなってしまいそうだ。

「慶舟さん……、慶舟さん」

自分を保つようにその名を口にする。凜太、と荒い呼吸で慶舟が答えてくれる。

思うひとに思われる——それはなんて幸せなんだろう。

この幸福をずっと手放さずにいたい——何があっても絶対に守り抜きたい。

そう心に誓《ちか》った瞬間、凜太と慶舟、ふたり同時に達していた。

「こんにちはー！」

土曜の夕方、玄関に忍《しのぶ》の溌剌《はつらつ》とした声が響いた。よう、と続けて亮介《りょうすけ》が姿を見せる。いらっしゃい、と凜太《りんた》が笑顔で出迎えた。

「『こんにちは』って、もう夜だろ」

茶の間から冷静なツッコミを入れた慶舟《けいしゅう》に、だって起きたばっかりだし、と忍が廊下でコートのボタンを外しつつ堂々と言い放った。亮介が隣で息を吐く。

「いつまで寝てるんだか……、俺が迎えに行かなかったらあのまま寝てただろ」

「えー、冬は眠くなるんだよ」

「じゃあ酒も飲まないで冬眠してろ」

亮介が冷静に半畳を入れてジャンパーを脱ぐ。文句は言っていても、先に茶の間に入ってしまった忍が脱ぎ捨てたコートもちゃんと掛けておくのが亮介らしい。

まだ十一月だけれど、来月は仕事が立て込んだり、職場の付き合いが増えたりでおのおの忙しくなるからと、亮介の夜勤がなく、凜太のバイトも入っていない今夜、少し早めの忘年会が開かれることになった。苫小牧《とまこまい》行きは今週は休みだ。結局ここにとどまることにしたと創英《そうえい》と桃子《ももこ》に伝えたら、ふたりともほっとした様子で凜太の翻意《ほんい》を認めてくれた。

「──あの、この前はいろいろとご迷惑だとかご心配だとかおかけしました。すみませんでした」

ふたりだけの廊下で凜太が頭を下げると、いや、と亮介がいつもの落ち着いた調子で返事をくれた。その目が少し笑っているようにみえたのは気のせいだろうか。

大通《おおどおり》で亮介に会った日から二週間が経つ。翌日亮介に、家を出ることはやめたと電話をした。そうかと亮介は笑い混じりに答えてくれ、また喧嘩をしたらいつでも来いと言ってくれた。

慶舟は自分たちのことをまだ亮介には伝えていないはずだ。常識人の亮介に打ち明けるには恥ずかしくて、もうしばらく心の準備期間が必要そうだった。

「んー、いい匂い。――あ、もしかしてロールキャベツ？」

台所に向かった凜太に、忍が鼻をくんくんさせて近寄ってきた。凜太が微笑み、答える。

「そうです。実は三種類」

「うわ、すご！」

興奮して忍が叫び、ありがと、と抱き付いてきた。

「――そこうるさい」

茶の間で亮介の持ってきた車の雑誌を見ていた慶舟が、じろりと冷たいまなざしを向けてくる。はあいと返事をして、忍がこっそり舌を出した。

「やだねー、妬《や》いちゃって」

「忍さん」

凜太があたふたと忍を止めた。忍がにやにやと顔を緩める。

「……おめでとう。良かったね」

こっそりと耳元でささやかれ、はい、と凜太が頬を熱くしながら頭を下げた。忍に会うのも、慶舟との思いが通じ合った後は今日が初めてになる。

忍には、自分たちのことを慶舟が伝えていた。これからは今までのようにいきなりやって来るなと通告するためと言っていたけれど、本当は慶舟の恋の行方《ゆくえ》を心配してくれていたという親友へ、感謝を表すためだろうと思った。

「もう家を出るとか言わないよね？」

からかう忍に、多分、と苦笑いした。多分か、と忍も笑う。

「――だけど凜ちゃんが亮介の家に行ってたら、たとえ凜ちゃんでもおれ暴れてた」

「え？」

その言葉の意味が一瞬わからず、数秒してから、あ、と凜太が声をもらした。

もしかして――言葉を出せず、ただパクパクと口を開けて忍を見る凜太に、しっ、と忍が自分の口元に人差し指を立てて片目をつぶった。

そうだったのか――ビールを持って茶の間に戻った忍をぼんやり見やり、凜太は初めて知った事実に呆然とした。

「どうした、ぼけっとして」

いつのまにか慶舟が隣にいて、うわっと凜太が肩を撥ねさせた。

「おい、いくら忍だからってあんまりべたべたするなよ。怒るぞ」

とんと腰を叩かれ、なに言ってんですか、と凜太が恥ずかしさを殺して言い返す。

「……それより、忍さんの好きなひとって――」

声をひそめて凜太が尋ねると、ああ、と慶舟が頷いた。

「ようやく気付いたか」

ちらりと慶舟が視線を向けた先、忍が亮介に何か喋りかけている。亮介は雑誌に目を落としたままだけれど、相槌を打つ口元はどことなくやわらかかった。

「残念ながら当の本人はまだ気が付いてないんだけどな。恋愛事に関しては昔から鈍《にぶ》いから。忍が俺や凜太にちょっかいかけたりするのもあいつの気を引くためだ。三十過ぎて、やってることは小学生レベルだよ」

「そうだったんだ……」

思いがけない事実に深い息がこぼれた。自分も相当鈍感なのか、まったく気付けなかった。そしてふたりの関係が良い方向に向かってほしいと、心から願った。忍も亮介も慶舟の大事な友達で、凜太も大好きだから。

「何か出来ることあるかな」

鍋の蓋《ふた》を開け、おでんの火加減を調節して凜太がそわそわと呟いた。慶舟がからかうようなまなざしを向けてくる。

「人の心配より自分の恋人の心配しろよ。もっといちゃつきたいんだけど」

「なに言って……！」

動揺して凜太は思わず蓋を落としてしまった。幸い足の上からは離れた場所に落ちたものの、必要以上に大きな音が響き、亮介と忍が驚いたように立ち上がった。

「大丈夫？」

慌てて問いかけてくる忍に、すみません、と凜太が頭を下げる。傍らで慶舟が笑いを噛み殺していた。そんな慶舟を凜太が睨むと、慶舟が凜太にささやいた。

「気を付けろよ。凜太に何かあったら生きていけない」

冗談めかしてさらりと熱烈な言葉を吐かれ、凜太が倒れそうになる。

「いやー、すごい家族愛！　全米が感動で号泣だね！」

忍が茶化して口にして、もう、と凜太は苦笑いした。

ふっと慶舟を見る。——大好きな恋人は、幸せそうに自分をみつめていた。

みつめていてもいいですか

Mitsumete Itemo Iidesuka

桜のつぼみが見え始めた昼下がりの公園は、晴天も手伝ってか、休日を楽しむ人々で賑《にぎ》わっていた。川べりに沿って作られた公園は市内でも五本の指に入る広さで、子供向けの遊具やレンタサイクルなどの施設が充実している。

だから大半が家族連れ——三十を過ぎた男ふたり組は若干《じゃっかん》浮いた存在ではないかと、ベンチに座る忍《しのぶ》は辺りの視線が気になっていた。自意識過剰《かじょう》、誰も自分が思うほどこちらに注意を払っているものではないとわかっていても。

もっとも今の忍は、たとえ誰にどう思われたとしても、まったく気にならなかった。心は上昇気流に乗って、どこまでも浮かび上がっていきそうだ。

「いやー、春だなあ」

のほほんとこぼした自分の呟きまで相当浮かれている気がした。

なぜなら隣には亮介《りょうすけ》がいる。冬場は亮介の仕事が忙しく、年度末と年度初めは忍が何かと慌ただしくて、会うのは二ヵ月ぶりだ。それだけでものすごく嬉しいのに、珍しくふたりきりでこうして一緒にいられて、浮かれずにいられるわけがなかった。

「何か飲むか？」

声をかけられ、忍はふっと目を向けた。亮介が静かなまなざしをこちらに投げかけていた。

「あ、ううん、いい。亮介は？」

「俺もいい」

短く亮介が首を振る。

正直言って、ジュースを買いに自販機まで行っている間がもったいなかった。ふたりでいられる時間は一秒だってそばにいたい。

それにしてもなぜか今日は亮介が優しい気がした。亮介は基本的に面倒見が良くて親切だけれど、普段は自発的に飲み物を買いに行こうとしてくれたりしないし、休んでいくかと公園に誘ってくれたりもしない。

どうしたんだろうと訝《いぶか》しんでいたら、なあ、と亮介が口にした。忍が顔を上げると、生真面目《きまじめ》な亮介の表情に迎えられた。

「忍さんは平気なのか?」

問いかけにふっと亮介をみつめ返す。

省略された目的語が何なのかはもちろんわかる——慶舟《けいしゅう》と凜太《りんた》が恋人だということを、だ。

ゴールデンウイーク目前の週末の昨日、慶舟に誘われて飲むことになった。いつものように慶舟の家でだらだらと夜中まで飲んで雑魚寝《ざこね》をして、今朝《けさ》遅い朝食を摂《と》ったあとで慶舟と凜太が亮介に話があると切り出した内容は、ふたりが付き合っているということだった。亮介に会う機会がなかなかなかったうえ、どうにも照れくさくてなかなか伝えられずにいた凜太の気持ちがついに固まり、覚悟を決めて打ち明けることにしたらしい。

高校時代からの友人が、血のつながりはないにせよ、同居している甥《おい》と恋人同士になっていたことは、いくら慶舟や忍がゲイだと知ってもまったく動じなかった亮介といえども衝撃的な事実だったのかもしれない。

亮介から視線を逸《そ》らさず、忍は真摯《しんし》に返事をした。

「……やっぱり不道徳とか、認められないとか思う？」

尋ねた忍に、いや、とこともなげに亮介が首を振る。その表情に無理は感じられなかった。良かったとほっとした忍の耳に、ただ、と低い呟きが響いた。

「あんたはどうなんだ。大丈夫なのか」

「大丈夫か、って――？」

忍だってゲイなのだから、同性同士のカップルに嫌悪や抵抗を感じるわけがない。投げかけられた問いかけの意図することがわからなくて小首を傾《かし》げた忍を、亮介が迷いのないまなざしでみつめてきた。

「好きなんだろ、慶舟のこと」

「――っ⁉」

……やっぱり飲み物がなくて良かった。飲んでいたら間違いなく吹き出していた。あまりにも衝撃が大きすぎたせいか、やけに冷静にそんなことを思いながら、強烈な破壊力を持つ言葉を簡単に放ってくれた男を忍はただひたすら凝視《ぎょうし》した。

一体どこをどうしたら自分が慶舟を好きだという発想になるのか。あり得ない。絶対にあり得ない。

「ちょ……、それどういう」

呆然《ぼうぜん》としつつ、口を動かす。意味のある言葉を発せないのは、突然図星を指されて驚いているせいだとでも思っているようで、亮介がどことなく達観したふうな面持《おもも》ちで続けた。

「今さら隠すこともないだろ」

淡々と呟いた亮介は心の底から己《おのれ》の考えを信じきっている様子だった。

「暇《ひま》が出来れば慶舟と飲みたがるし、会いに行くときはいつも嬉しそうで幸せそうだし。いくら鈍《にぶ》い俺だってそれくらいわかる」

どことなく得意げに言った亮介を、忍は啞然《あぜん》として見やった。

（……なんでそうなるんだよー！）

声に出せないツッコミを心の中で叫ぶ。

実は忍が慶舟を好きなのだと凜太が誤解していたと、ふたりが付き合い出して間もないころに慶舟から聞いたことがある。そのときはあまりの思い違いに、真っ赤になって詫《わ》びる凜太を抱きかかえて思わず爆笑してしまったものの、今はまったく笑えない、これっぽっちも笑えない。

好きなひとに会えるから幸せそうなのだろうという推測は当たっている。だけど相手が違う——自分が好きなのは慶舟じゃない、亮介なのだ。まさかその当人にまで誤解されていたなんて夢にも思わなかった。

慶舟に会う時に自分から嬉しさが弾《はじ》け飛《と》んでいるのは、そこに亮介も一緒にいるからだ。亮介といられるから嬉しいのであって、慶舟に会えるのが嬉しいわけではない――いや、友達としては無論大切だけれど。

自分の恋心を知っている慶舟には、亮介と三人で飲むときと、自分とふたりで飲むときは忍のはしゃぎっぷりが違うと前にからかわれたことがあるから、亮介といるときの自分がかなり浮かれているのだという自覚はある。

でも亮介にまでとんでもない見当違いをされていたなんて――。

恋愛事に敏《さと》い人間ではないということはわかっていたつもりだ。でもこんな恐ろしい思い違いをしているとは思ってもみなかった。それとも自分の態度がまずかったのか。どうであれ、今となってはどうにもならないことだ。

（ア、アホすぎる……）

頭も体もくらくらして、地面に倒れ込みたくなった。

「なんだよ、そこまで照れることか？」

またまた見事な勘違いをしてくれているらしい亮介が、訝《いぶか》しげに呟いた。

「違うって――」

すっかり脱力して忍がよたよたと首を振る。基本的にこうと決めたら揺るがない人間だから、亮介が自らの判断に疑いを抱《いだ》くことはない気がする。

どうやってこの誤解を解けばいいのか――けれど下手《へた》に説明したら、今まで隠し続けてきたこの恋心が亮介にばれてしまうかもしれない。

（……それは絶対駄目だ）

ぞくっと背中に震えが走り、きつく奥歯を嚙みしめた。――あんな思いは二度としたくない。胸が張り裂けるような痛みはもう味わいたくない。

「……やっぱり何か飲みたいなあ。レモンの炭酸、よろしく」

ひとつ息を吸い、いつものように気ままな調子で口にした。やっぱり飲むのかと軽く眉《まゆ》を寄せて、それでも忍が動揺を収めるための時間が欲しくて言い出したと思ったのか、亮介がすっと立ちあがる。

少し先にある自販機へ向かう後ろ姿を見送って、忍は深く息を吐き出した。

――何秒でもいい。一旦《いったん》ひとりになって、この気持ちを立て直したい。本当は離れがたくてたまらない時間のはずだったのに。

大股で歩く背の高い姿。自分にはいつも眩《まばゆ》くて、なのに目を逸《そ》らせない。ずっと自分が見ていられる場所にいてほしいし、見ていられる関係を保っていたい――。

初めて会ってからもう十年以上になる。

学生時代、ススキノのバーで知り合った慶舟の友人が亮介で、慶舟を介《かい》して親しくなった。

柔道が黒帯だというのが即座に納得できる、時代劇に出てくる武士のような凛々《りり》しい面持《おもも》ちとがっしりした長身で、笑顔も言葉数も多くなかったから、第一印象は「取っつきにくそうな相手」だった。

けれど一緒にいるうち、実は親切だったり、常に誰に対しても公正な視線を持っていたり、ぶっきらぼうさの裏にある優しさや誠実さが透けて見えるようになって、亮介への心の距離が縮み、いつしか恋に落ちていた。

とはいえこちらがゲイでも向こうはストレート、いくら友人としては親しくなっても、恋愛関係になれないことはよくわかっていた。

そんなわけでこの十年、絶対に気持ちは伝えられない、伝えてはいけないと自分に言い聞かせてきた。一緒にいるうち、どんどん思いは膨《ふく》らんでいっても。

気持ちを伝えて関係がこじれてしまったら嫌だ。面倒見がいい亮介が、性格ゆえに仕方がなく関わらざるを得ない、わがまま放題の世話を焼かれる存在としてそばにいたい。

だからどうしてもこの本当の思いを知られるわけにはいかないのだ。

(……ん?)

ふっと頭にひとつ考えが浮かんだ。多分それは正しいことじゃない。だけどほかにどんな方法がある? ——いや、でもそれは狡《ずる》い。

ぐらぐら心を揺るがされていると、ほら、とペットボトルが目の前に差し出された。

すっと忍が顔を上げる。太陽の光を纏《まと》った亮介が立っていた。無表情なようでいてその瞳は優しい――出会った時からずっと。

もしこのひとが自分のそばからいなくなってしまったら――？

嫌だ――やっぱり嫌だ。絶対嫌だ。ずっとそばにいたい。友達でいいから、それ以上のことは望まないから、だからそばにいたい。失いたくない。

そう痛感した瞬間、自分が取る行動が決まった。

「どうした？」

怪訝《けげん》そうに眉《まゆ》を寄せた亮介の声に、いや、と忍は首を振る。

「――、ありがと」

薄く笑ってペットボトルを受け取ると、亮介はまた隣に腰を下ろし、缶コーヒーのプルタブを起こした。

木々の葉を揺らしながら、川からの風がやわらかく吹き付けてくる。新鮮な空気を吸い込み、そろりと忍が口を開いた。

「……さっきのことなんだけどさ」

わかってる、と亮介がコーヒーを飲んで冷静に返してきた。

「大丈夫、誰にも言わない」

気負いのない調子で答えた亮介を見やり、サンキュ、と忍はぎこちなく微笑《ほほえ》んだ。それ以上言えなかったのは、なけなしの良心がちくちくと疼《うず》いたせいだ。

忍の考え――それは亮介に、慶舟を好きだと誤解し続けてもらうことだった。

慶舟を好きだと思ってくれていれば、忍の心のベクトルが本当はどこに向いているか、亮介はわからないはずだ。

騙《だま》すのは気が引けるし、いくら嘘とはいえ、慶舟や凜太にも申し訳なさを覚えるけれど、自分の思いを亮介に伝えるわけにはいかない。それならばこの先も誤解したままでいてもらうしかなかった。

「心配するな。今までも黙ってたんだから」

忍の戸惑いを、秘密が守られるかどうか不安がっているせいだとまた自分なりに解釈《かいしゃく》したらしい亮介が淡々と呟く。うん、と幾許《いくばく》かの後ろめたさを覚えながら忍は頷いた。

「……ありがとう」

そうちいさく言うと、亮介の表情がかすかに変わった。何か痛ましげなものを見ているような色が、そのまなざしに浮かんだような気がした。

(――同情されてるんだ)

そう気付いた途端、胸が軋《きし》んだ。親身になってくれている相手を騙すなんて、やはり自分の計画は間違っているんじゃないか――何か別な方法を考えるべきじゃないか。心に迷いを漂《ただよ》わせつつ、亮介に視線を動かしたときだった。

「――つらかっただろ」

静かな低い声が亮介の唇からこぼれた。亮介がまっすぐな瞳を忍に向けていた。

「慶舟と凜太に会うのはつらいよな。気付かなくて悪かった」

「え、ううん――」

亮介が詫《わ》びる必要なんてない。そもそもしてもいない失恋なのだ。申し訳なさやら居たたまれなさやらにまた押し寄せられて、やはり本当は慶舟を好きなわけじゃないと告白しそうになったときだった。

「俺がいる」

毅然《きぜん》とした言葉に、忍が目を見開いた。

「もちろん慶舟の代わりにはなれないけど、あんたが寂しいときに一緒にいるくらいは出来るから。だからあんまり落ち込むな」

そう言い、ポンと忍の頭を叩く。

（あ――）

胸が淡く震えて、きつく締め付けられた。

あの日と同じだ――この感覚は。亮介に恋をしたあのときと。

忍が大学四年のころ、二十歳になったばかりの慶舟が忍の行きつけのバーにやってくるようになって、忍は慶舟と意気投合した。しばらくしてから、慶舟に引っ張られるような形で亮介も男ばかりの店にやってくるようになった。適当にあしらっておけばいいのに、亮介はふざけてちょっかいをかけてくる常連客にも、無愛想に、けれどきちんと対応していた。しかも酔《よ》っぱらった他人の面倒まで見て。強面《こわもて》なのに世話焼きなんだなと、忍はその意外さを微笑ましくみつめていた。

その亮介への思いが変わったのは少ししてから——いつものように店で飲んでいると、誰かの過去の恋の話になった。その話に引きずられるように、忍の記憶の底に抑え込んでいた昔の出来事が浮かび上がってきて、胸が締め付けられるような苦しさを覚えた。そっとトイレに立ち、中に入った途端にぼろぼろと涙がこぼれ始めた。もう吹っ切れているはずなのにどうしてこんな痛みが残っているんだろう——腹立たしさと情けなさと悔しさとでぐちゃぐちゃになって、洗面台の鏡に映《うつ》る自分を睨《にら》んでいたとき、コン、と小さなノックの音がした。

続けてドアが開き、はっと顔を向けた忍の視界に飛び込んできたのは亮介の姿だった。

(……大丈夫か?)

これがもしほかの男だったら、弱っているところに付け込むつもりかと警戒したかもしれない。でも亮介はもともとストレートだと聞いていたし、そもそも卑劣《ひれつ》な手段を使うような人間ではないと思っていた。

それでも涙が残る顔を見られるのは恥ずかしくて、忍はぱっと視線を逸《そ》らした。すぐにドアが閉まる。同時に、心配して様子を見にきてくれた相手への不躾《ぶしつけ》な振る舞いに気付いて詫びようとした忍の耳に、ここにいるから、とかすかな声が届いた。

(誰か来たら教える)

だからそれまで気にせずに泣け——言葉はなくともそう言われているのがわかって、忍の胸はじんと甘い疼《うず》きを覚えた。

久しぶりのその感覚に戸惑っているうちにいつしか涙は止まり、顔を洗って表に出ると、亮介が腕を組み、壁に背を付けて突っ立っていた。ふっとこちらを見る。

(……ありがとう)

気恥ずかしさを覚えながら礼を言ったら、いや、と簡単な答えが返された。

(——なんでおれが泣いてるってわかったの)

(どうしてだろうな……、なんかそんな気がした)

亮介はこちらを見て、自分でも不思議そうに短く呟いた。その瞳がやけに澄んでいて、思わず引き込まれそうになった。

(とか何とか言って、実はおれに見惚《みと》れてたんじゃないのー?)

照れくささをごまかすように、笑ってからかった。馬鹿かと冷めた反応が返ることを予期していた忍に、亮介は静かでやわらかなまなざしを投げてきた。

(——そうかもな)

そう言われた瞬間、心臓がどんと音を立てて撥《は》ねた気がした。

もちろん本心ではなく、いつもとは違う躱《かわ》しかたをしただけなのだろう。それはわかっていても、心が揺らいでしまった——甘く、強く。

その一件以来亮介を意識するようになり、元々プラスの感情を持っていた相手なだけに、完全に恋に落ちてしまうまでそう時間はかからなかった。もう絶対に誰も好きになったりしないと固く決めていたのに。決意が壊れることに抗いながらも心は止められなかった。

（……一度好きになっちゃったらどうしようもないんだよな）

さわさわと揺れる木の葉をぼんやり見やりながら、忍は懐かしい記憶を思い出して苦笑いした。

亮介が誰にでも優しいのはわかっているし、同性の自分が亮介の恋愛対象にならないのもわかっている。実際これまで亮介に彼女がいた時期もあったし、そのころは胸が張り裂けそうな思いもしたけれど、ただひそかに思っているだけと決めている自分には、ある意味亮介が誰と付き合っていても関係のないことだった——そう思わなければならなかった。

ただ好きだった。この十年、ずっと亮介を思っている。その気持ちはこの先も変わりそうにない。そして思いを伝えずにいることも。

絶対に知られたくない——知られず、ただの友達の顔をして一生そばにいたい。万一知られても、亮介はそれで態度を変えるような人間ではないとわかっている。それでも怖い。だからこの思いを悟られるわけにはいかないのだ。

（……よし）

静かに息を吸う。揺れ動いていた心が固まった。

慶舟にも凛太にも申し訳ないし、何より本気で心配してくれている亮介を騙すなんて罪悪感に襲われる。普段は素っ気《そけ》ない亮介だけれど、心根は優しくて、弱っている相手を放っておけない。だから今、普段言わないようなことを言ったのも忍を励《はげ》ますためだし、頭に触れたのも慰《なぐさ》めるためだけだ。わかっている。その優しさに付け込むようなことをしていいわけがないということも。

なのに自分のすべてが、自分でもどうしようもないほどに亮介を求めている。

このままの状態でいたい。――だから自分の心が慶舟に向いていると、亮介のことは友達だと思っていると信じていてほしい。

「――ごめんな」

いろいろな思いがそのひとことになってこぼれた。亮介が意外そうな表情をして、それからからかうように鼻で笑った。

「神妙なあんたを初めて見た」

「馬鹿言うなよ、おれはいつだって神妙だよ」

「どこが」

「うわひどっ、おれのしおらしさがわかんないなんて」

「ないものはわかりようがないだろう」

くだらない会話を交わしながら、普通のやり取りが出来ることにほっとした。——この空気がやはり落ち着く。だからこそ守っていきたい。

まだ冷たい炭酸を喉に流し、軽く息を吐《は》く。春の風は肌《はだ》にも心にもさわやかだった。

「……しばらくはふたりで会うか」

少ししてからぽそりと亮介が口にした。

「え」

思わずどきっとした忍に、亮介が静かに続ける。

「今さらだけど、飯とか飲みとか。慶舟を誘うと凛太も一緒だろうし」

まだきついんじゃないのか、と心持ち声を落として亮介が呟いた。

「——だけどそれでも慶舟と会いたいか?」

心のうちを探るように訊《き》かれ、ううん、と内心どぎまぎして忍は首を振った。

こんな幸運があっていいんだろうか——誤解のおかげで信じられない幸せが舞い込んできた。

もちろん慶舟や凛太と一緒に過ごすのも楽しいけれど、亮介とふたりでいられるなんて、デートみたいで浮かれてしまう。今までは集まる場所が慶舟の家ということが多かったせいか、慶舟抜き、ふたりで会うことは滅多《めった》になかった。

(ヤバ、どうしよ……)

緊張と高揚《こうよう》が胸の中で弾《はじ》け飛ぶ。頬が赤くなっていそうで怖い。

「――いや、慶舟抜きなら別に俺と会う意味ないのか」

浮かれて返事が出来ずにいたのを、気が進まないせいだと思われてしまったのか、隣からふとひとりごとめいた呟きが聞こえてきた。

「そんなこと！」

その途端、咄嗟《とっさ》に思いきり否定してしまった。いつも感情の揺らぎを出さない亮介もさすがに驚いたらしく、目を見開く。

（何やってんだ――）

言ったのと同時に忍は臍《ほぞ》を嚙んだ。こんな態度では亮介に訝《いぶか》しまれてしまう。自分の態度の不安定さが情けなくてたまらない。軽く息を吸い込んで気持ちを切り替え、忍は亮介に悪戯《いたずら》めいたまなざしを向けた。

「っていうかアレだよね、亮介こそおれとふたりで会ってもつまんないんじゃない？」

「いや」

短い否定ながら、その反応にじんわりと嬉しくなる。そもそも亮介は社交辞令に縁がない性格だ。振り回してばかりいる自分だけれど、慶舟抜きでも、迷惑な友達としていくらかは存在を認めてもらえているのだと心が弾む。

出会ってまだ日が浅いころは、自分は亮介にとって慶舟のおまけ的な存在なのだろうと思っていた。それでも友達付き合いを続けて年数が経《た》つにつれ、慶舟は関係なく、ひとりの人間として見てもらえていると感じられるようになっていた。とはいえ言葉で聞いたことはなかったから、こうしてちゃんと確かめられて安心した。

その安堵が、ずっと心の底にくすぶらせていた疑いを引き上げた。

「――亮介、ホントは凜ちゃんのこと、いいなとか思ってたんじゃない？」

ニヤッと笑って言ってみた。

ゲイではない人間はそう簡単に同性に惹《ひ》かれないものだとわかってはいても、この半年、そんな疑念が忍の中で消せずにいた。

凜太はいい子だし、忍が凜太を可愛《かわい》く思うのと同じに、亮介も凜太を気に入っていることはわかっていた。そして去年の暮れ、慶舟と忍の関係を誤解して慶舟の家を出ようと考えた凜太に偶然不動産屋の前で会った亮介が、自分の家に来いとその場で誘ったと聞いたときは正直複雑だった。

単なる親切心からの申し出だったのかもしれないけれど、だからといって一日や二日レベルではなく、新しい部屋が決まるまでずっと自宅に住まわせてもいいと思ったなんて、相当に凜太を気に入っている証拠に違いなく思えた。そしてその好意に、もしかしたら恋愛感情的な要素は混ざってはいないのか、どうしても気になってしまうのだ。

ずっと気になっていて、でも半年訊けずにいた思いを軽口にまぜてぶつけてみたら、は、と呆《あき》れ顔を返された。

「なんでそうなる」

馬鹿馬鹿しげな口ぶりでの答えに、内心跳ね上がりたいほどほっとした。そんな心を隠し、忍は亮介を横目で見た。

「えー、だって家が決まるまでうちに来いって誘ったんでしょ？　どうでもいい子にそんなこと言う？」

「――それは」

何か言いかけた亮介が、煩《わずら》わしそうに言葉を止めた。

「なに？　止められたら気になるんだけど」

ざわざわと渦巻《うずま》き始めた不安をふざけた笑みで隠し、忍が追及《ついきゅう》する。

「別に。喋《しゃべ》るのが面倒くさいだけだ」

投げやりに言い放ち、亮介がコーヒーを飲む。その横顔を見やり、忍は真剣な思いがこぼれないように気を付けながら口を開いた。

「まあいいけど。……凜ちゃんのこと、マジでそういう意味で好きってことじゃないんだよね？」

こんな確認をしたらしつこいと怒られても仕方がないと覚悟しつつ尋ねた忍に、違う、ときっぱりと亮介が否定した。

「恋愛感情は少しもない」

その声は冷静で、嘘をついているとは思えなかった。信じよう——自分に言い聞かせ、この問題に決着をつけた。

「——よし、じゃあ今晩は亮介の失恋記念で焼き肉にするか」

のどかに言った忍に、亮介が呆れたように眉を寄せる。

「だから失恋なんかしてないっての」

ハイハイと笑って抗議を往《い》なし、ポンと亮介の肩を叩く。

「ジンギスカンにしよ。奮発《ふんぱつ》していい肉にしちゃおっと。材料はおれ買うから、準備は任せた」

「ちょっとは自分もやろうって気にならないのかよ」

「え、食べさせてくれるって?」

親鳥からの餌《えさ》を待つ雛《ひな》さながらに忍が大きく口を開けると、自分で食えと冷ややかに返して亮介が立ち上がった。

「もー、照れ屋さんなんだから」

忍も茶化してベンチを立つ。子供たちの元気なはしゃぎ声が響く中、広い背中を追いかけた。

亮介への申し訳なさは消えないと思うし、消えてもいけない。なのにこうして亮介と過ごせることが嬉しくてたまらない。いつもなら大抵慶舟の家を出たあとは、亮介が車じゃない限り、方向が別になるこの公園で別れていた。だけど今日はこのあともまだ一緒にいてもらえる——。

それが架空の失恋をした自分への同情や気遣いからのこととわかっているし、そうさせてしまっていることに良心は疼《うず》くものの、それ以上の幸せが体中でふつふつと弾けている。

——多分これが最初で最後の幸せな時間。三十路《みそじ》も過ぎたし、亮介が真剣に誰かと付き合い出したり、結婚を意識する相手にめぐり会ったりしてもおかしくはない。そうなればこんなふうに甘えて過ごすわけにはいかなくなる。しかるべき時が訪れたらちゃんと離れなければと、覚悟だけはしているつもりだ。……もちろんその日が来ても、自分の心が亮介から動くことはないだろうけれど。

「どっちにする？」

不意に亮介が振り向いて尋ねてきた。え、と訊き返した忍に、焼き肉、と亮介が続ける。

「俺のとこかあんたのとこか。——うちのほうがいいか。肉の匂《にお》いがついても気になるような部屋じゃないし」

忍の答えを待たずに決めて、亮介が呟く。

「うちでもいいよ。匂いついたらカーテン亮介に洗ってもらうから」

胸を張ってみせた忍に、絶対断る、と亮介がすげなく拒《こば》んだ。冷たいと笑って詰《なじ》りながら、忍はこのあと亮介と過ごす時間を想像して、浮かれて芝生を踏みしめた。

「というわけなので、よろしくご了承願います」

畳に手をつき、深々と頭を下げてみせた忍の耳に、慶舟の渋みのあるため息が聞こえてきた。

「別に俺はいいけど、詐欺《さぎ》だろそれ」

「慶舟さん、詐欺ってそんな」

凜太が慌ててフォローを入れる。いいのいいのと忍はのんびり手を振った。

「ホントのことだから。凜ちゃん、だから悪いけど亮介の前ではおれライバルだからね」

からりと笑って宣言する。それは構わないけど、と凜太がちょっと困ったように慶舟を見た。

「なんだ？」

慶舟が凜太に目を向ける。その瞳に慈《いつく》しむような愛情が含まれていることが、忍にもしっかりと感じられる。ほのかな幸せの伝播《でんぱ》に忍がくすぐったくなっていると、凜太がおずおずと切り出してきた。

「忍さんは本当にそれでいいのかなって――」

「え？」

きょとんとした忍に、意を決したように、凜太が居住まいを正してまっすぐなまなざしを投げかけてきた。

「亮介さんに自分の気持ち知ってもらわなくていいんですか？　誤解してたおれが言うのもお

かしいけど、亮介さんのことが好きなのに、慶舟さんを好きだって亮介さんに思われてるの、すごく悲しい気がする」

凜太の言葉は正論でもあり、忍のことを思ってくれているのだと伝わってくる。感謝しつつ、忍は凜太にやわらかく微笑みかけた。

「ありがと、凜ちゃん。でもそうしたいんだ。おれは狡《ずる》い大人だから、自分の損になるようなことはしないから大丈夫」

軽やかに口にすると、うん、と凜太がちょっと困ったように頷いた。

「――って言うんだから本人の好きにさせておけ。こんなんだけど一応おまえより年上なんだし、自分なりに考えて決めたことなんだろ」

こんなんってなんだよと口を尖らせる忍を無視して慶舟がさばさばと言い切った。

凜太と慶舟の関係を亮介が知ってから一週間後の日曜の今日、この前の亮介とのやり取りを話すために、忍はひとりで慶舟の家を訪れていた。ちょうど苫小牧《とまこまい》から戻ってきたばかりだという凜太にも加わってもらい、事情を打ち明けたところだ。

「だけどいつまで誤解させておくんだ？」

マグカップを手に取り、慶舟が落ち着いた面持ちで尋ねてきた。

「さあ、いつだろうねえ」

気負いなく、さらりと受け流して忍は笑った。呆れたような、責めるようなまなざしを慶舟がぶつけてくる。

「とりあえず慶舟たちに迷惑はかけないから──あ、かけちゃうか。しばらくおれと亮介、ここに来ないと思うから、慶舟にちょっぴり寂しい思いさせちゃうかも」

「全然寂しくない。むしろずっとそうしてくれ」

慶舟が鼻で笑い、隣に座る凜太の肩を引き寄せた。慶舟さん、と凜太が頬を赤くして抗議した。

「ひゃー、当てられた。これ以上ここにいたら燃えて灰になるー」

忍がからかって立ち上がったのを見て、え、と凜太が慌て顔になった。

「今来たばっかりなのに？　晩ご飯食べて行ってください」

「ありがと、でもこれから、そんなわけでデートだから。亮介明日休みだからさ」

きゃっと肩をすくめてみせる。デートねえ、と慶舟がくさくさと呟いた。靴《くつ》を履《は》きつつ、覗きに来ていいよと忍が慶舟を誘ったら、誰が行くかと取り付く島もなく往なされた。

「……忍さん、しばらくここに来ないって本当に？」

玄関の戸を開けると、どことなくしんみりした表情の凜太に訊かれた。

「うん、亮介に黙ってひとりでここに来るのはさすがに気が引けるし。そろそろ失恋の痛手が消えたかなーって頃になったら来るよ」

春と夏の狭間《はざま》の季節の風を浴び、忍が茶化して答えた。

「早く会いたいから、早めに失恋のショックから立ち直ってください」

微笑む凜太の顔を見て、ありがと、と忍が笑う。それに、と凜太が続けた。

「慶舟さんも、忍さんや亮介さんに会えないと寂しいと思うし。一番の友達だから」

そう言って凜太が視線を向けた先で、慶舟が軽く眉間《みけん》に皺《しわ》を寄せた。そんなわけがあるかと言い返すかと思った慶舟は、珍しく反発しなかった。

「――俺は寂しくないけど、凜太が寂しがるなら困る。だからさっさと立ち直れ」

慶舟らしい返事に、うん、と忍が笑った。

「別にどこか行くわけじゃないんだし。それにもしかして一週間で『もう元気』ってことになるかも」

「それじゃさすがに亮介もおかしいと思うだろ」

慶舟が苦笑して、とにかくな、と纏《まと》めた。

「さっさと本当のこと言っちまえ。――どんな結果でも、あいつならおまえを傷つけるようなことはしない」

短い言葉に含まれている気持ちが伝わってきて、忍は深く頷いた。

「じゃあね、新婚さん」

「し、新婚って……！」

うろたえる凜太の傍らで、照れを隠そうとしているのか、慶舟が渋面《じゅうめん》になる。手を振ってふたりに別れを告げ、忍は夕暮れの中、地下鉄の駅へ向かった。仕事を終えた亮介とススキノで落ち合う約束をしていた。

ロードサービスという仕事柄《がら》、亮介の勤務時間はばらばらで、週末が休みになることは一、二ヵ月に一度くらいしかない。今まではそんなときに慶舟の家に集まって飲んでいた。でもこれからはその時間を自分と過ごすために使ってもらえるんだろうか。忍が気を紛《まぎ》らわせたいだろうと思っているのか、今夜の食事も亮介が誘ってくれたのだ。気は引けつつ、亮介の優しさに完全に甘えてしまっている。

（……なんかすごい密接ぶり）

電車に乗っていてもついついにやけてしまいそうで、口元にぐっと力を入れた。

この一週間、自分は相当浮かれていたと思う。職場でもいつも以上にテンションが高いとからかわれたし、先日電話をかけてきた母親からも楽しそうねと言われた。

（そりゃ楽しくもなるよ――）

車窓に映《うつ》る自分は相変わらず嬉しげだ。幸せな気分というのは、自然と外にあふれ出てしまうものらしい。凜太にもさっき会った瞬間に、何かいいことがあったんですかと訊かれてしまった。そういう凜太も幸せそのものの顔をしていたが。

（……ホント可愛いよなあ）

慶舟の家でのやり取りを思い出し、忍がしみじみ息をつく。自分の恋をあんなに心配してくれている——まっすぐなまなざしで、まっすぐな気持ちで。擦《す》れ切《き》った自分には、ちょっと眩《まばゆ》いくらいだ。

（亮介さんのことが好きなのに、慶舟さんを好きだって亮介さんに思われてるの、すごく悲しい気がする）

そう言った凛太の言葉は正論だ。けれどそのおかげで今の幸せがあることも事実なのだ。

（さっさと言っちまえ、ってか——）

発破《はっぱ》をかけてきた慶舟の気持ちは有《あ》り難《がた》い。確かにいつまでもこのままではいられない。亮介に恋人が出来たり、家庭を持ったりする日は、そう遠くない将来きっとやってくる。そのとき自分の立場はあくまでただの友達で、それ以上のものにはなり得ない。

だからそれならいっそ告白をしてみろと慶舟は促《うなが》しているのだろう。だけど自分の恋が上手《うま》く行ったからそう思えるのだ——親友の親切心に苦笑いする。

慶舟と凛太が思いを通じ合わせることが出来たからと言って、自分もそうなれるとは思えなかった。ゲイとストレートの恋がそうそう幸せな結末を迎えられるとは思わない。ゲイバーで顔を合わせる飲み仲間の話を聞いても、自分の過去の恋を思い出しても——。

（あいつならおまえを傷つけるような真似はしない）

慶舟の呟きが耳の中で響く。確かに亮介は、もし本当の思いを知ったとしても——忍の心が亮介に向けられているのだとわかったとしても、突き放すようなことはしないだろう。自分が望めば、きっとずっと友達でいてくれる。

(——最悪だよおまえ、気持ち悪いんだよ！)

そんな言葉は絶対吐かない——彼みたいな言葉は。

無意識に拳を握り締めていたことにふっと気付き、てのひらを開く。同時に自分への情けなさがこみ上げてくる。十五年も経ったのに、まだその傷を引きずっていることに。

(情けないなあ……)

ちいさく息を吐き出し、心と体の強張《こわば》り、両方をほぐすように手を軽く握り締めては開く。

気持ち悪い——そう忍に言い放ったのは、高校時代の同級生で、そのころ忍が好きだった相手、池原《いけはら》だ。

忍が通っていたのは都内の男子高で、彼とは二年になって初めて同じクラスになった。文武《ぶんぶ》両道、逞《たくま》しくてルックスも良くて、明るくて真面目《まじめ》なクラス委員長。そんな池原とは最初の席が隣同士だったこともあってすぐに親しくなり、一学期が終わるころには自他ともに認める親友になっていた。そして忍が池原に特別な感情を抱くようになるまで、そう時間はかからなかった。

自分がゲイなのかもしれないとは、中学生になったころから思っていた。女の子から告白されても申し訳ないけれど少しも心は動かなかったし、どれだけ可愛い女の子でも、優しい女の子でも、恋愛感情が生まれたことは一度もなかった。それなのに同性にはときめいて、しかも初めての自慰《じい》は当時女子に人気の若手俳優の雑誌記事を見ながらで、やっぱり自分はそうなのか、と妙に納得してしまった。

ただ、さすがに誰にも話さないほうがいいだろうと黙っていた。三人の兄姉とは年が離れた末っ子で、家族中の愛情を注いでもらっているのは日々実感できていたから、そんな自分がゲイだとなれば、家中が大騒ぎになることは容易に想像がついた。

だから池原にも自分の思いを打ち明けるつもりはなかった。一般的ではないということはわかっていたし、池原に嫌われてしまっては困る。池原は誠実で、偏見のない人間だとわかっていたものの、気まずくなりたくなかったし、迷惑もかけたくなかった。

ところが池原の自分に向けられるまなざしに、それまでとは違う色合いが含まれているように感じ始めたのは三年に進級して間もないころだ。初めは自分が意識しすぎているのかと思った。だけど体育の着替えの時間には池原の視線を感じたし、昼食を食べているときにはよく口元を見られているような気がした。

もしかして――そんな淡い希望が湧いて、ふたりきりになったときに冗談めかして、おれ男が好きなのかも、と言ってみた。池原からの反応は無くて、なんてな、とごまかそうとしたときだった。

（……俺は男に興味ないけど、笹野《ささの》は綺麗だし、付き合ったとしてもあんまり違和感ないかも）

ぽつりと、実直な声音で池原が呟いた瞬間、自分の頭の中でファンファーレが鳴った気がした。その勢いで好きだと告白して、池原はそれを受け入れてくれた。

そしてそれからふたりの秘密の関係が始まった。優等生の池原は都内の難関大学を目指していて、教師からも合格間違いなしと太鼓判《たいこばん》を押されていた。真剣に勉強をしてこなかった忍には高嶺《たかね》の花の大学――でも高校を卒業してからも池原と一緒にいたかったし、池原に励《はげ》まされたこともあり、同じところを目指すことにした。

だから初めは休みの日に会っても、池原に勉強を教えてもらったり、書店に参考書を選びに行ったりしていただけだった。そんな堅《かた》めの付き合いだったふたりの関係が進んだのは夏休みに入る直前――勉強をしに行った池原の家で、初めてキスをして、そのまま体を重ねた。忍にとっても池原にとっても、それが初めての体験だった。そうやって一度体で触れ合ってしまえば、そこから先に進むのはあっという間だった。覚えたばかりのセックスにふたりとも夢中になって、殊《こと》に池原は真面目な性格の反動か、機会があれば体を重ねたがった。

その行為が、自分への愛情を表すためというより、受験勉強の疲れやプレッシャーから一時的に逃避するためのような気がしていたものの、池原を好きだった忍には、それで池原が満足してくれるのなら構わなかった。

そんなふたりの関係が少しずつ変わっていったのは、秋の終わりが近づいてきたころだ。そのころには教師も驚くほどに忍の成績は一気に伸びて、無謀だと思われていた池原と同じ大学を受験するのも満更夢《まんざら》ではないと言われるほどになった。

その一方で池原の成績は振るわなくなっていった。もちろん元々秀才だから、振るわないと言っても忍よりは上位で、きっと波があるんだよと慰めたら、そうだなと池原がかすかに笑った。ただ池原の面持ちに徐々に陰《かげ》りが浮かぶようになり、忍は池原の様子が気にかかった。

そして冬の初めの試験で、忍と池原の順位が逆転した。結果を知った池原の顔は青ざめて、ショックを受けているのは明らかだった。自分たちの行為が池原にいい影響を及ぼさないなら少し離れていたほうがいい――嬉しさよりも当惑が先に立ち、数日後の放課後、誰もいない教室で、受験が終わるまでふたりで会うのはよさないかと忍から提案した。ふたりになれば必ず池原は体を重ねたがる。その時間を勉強に回したほうが池原にとって有益じゃないかと思ったからだ。

けれどその忍なりの配慮《はいりょ》は、池原のプライドを刺激してしまったらしかった。

(順位が下がった奴《ヤツ》はセックスなんかしないで勉強してろって?)

自嘲《じちょう》するように呻《うめ》いた池原の表情は、それまで見たことがないほど強張っていた。そんなんじゃと首を振った忍に、じゃあ何なんだよと池原が詰め寄ってきた。

(たまたまだよ、今回だけだって。今度は絶対池原がまた上になるよ)

(なんでそんなことがわかるんだよ!　かわいそうだから手を抜いてやるっていうのか?)

目を剝《む》いて怒鳴り、ドンと机を叩いた。

(おまえは当日までまだまだ伸びる。出来るくせに今までやってなかっただけだからな。だけどこっちはもうギリギリなんだよ、伸びしろはないんだよ！）

それまで抑え込んできた感情を吐き出すように池原が叫び、忍を鋭く睨みつけた。じゃあ自分はどうしたらいいんだ——池原の豹変《ひょうへん》ぶりに狼狽《うろた》えながら、訳がわからず忍はただ混乱した。

（……もう俺と別れたいんだろ）

皮肉げな声で池原が呟いた。それから口元を歪《ゆが》めて笑う。

（大学行ったら俺より頭も良くて、カッコいい男はいくらでもいるもんなあ。俺は卒業までのつなぎなんだろ）

（そんなことないよ。俺は池原が好きだよ）

池原が別の世界に行ってしまいそうで、怖くて必死に訴《うった》えた。そんな忍に池原は淀《よど》んだ沼のようなまなざしを向けてきた。

（……じゃあしゃぶってみろよ）

突然の命令に忍が目を見開いた。——まさか今、ここで？　ふたりの仲が知られては困るから、学校ではキスはおろか、指先を触れ合わせたこともない。忍はおずおずと首を振った。

（——無理だよ。もし誰か来たら）

（やっぱり本気じゃないんだろ、俺のことなんかどうでもいいんだろ。俺を誑《たぶら》かして成績を落とさせて、その空いた枠《わく》で自分が受かろうとか思ってんだろ！）

そう言った池原の心がぐらぐら揺れているのがわかった。相当精神的に追い詰められているのは間違いない気がした。そうさせてしまった原因は自分にもあるのだ。

（……わかったよ）

唇を噛み、忍は命じられるまま床に膝をついた。いつもと違うシチュエーションだからか、それとも忍を服従させたという満足感ゆえか、池原がやけに興奮しているのがわかった。

（さっさとやれよ）

そう促す声は楽しげに上擦《うわず》り、吐息《といき》が荒い。息をつき、そろそろと池原のベルトを外し、ファスナーを下ろし、ためらいつつ顔を近づけたときだった。

（——何やってんだおまえら）

ぽかんとした呟きが響いた。忍の全身からさっと血の気が引く。同級生が戸口に突っ立って中を見ていた。

（……助けてくれ！）

池原が叫んで駆けだしたのはその直後だった。呆然《ぼうぜん》としている同級生に慌てて訴える。

（い、いきなり笹野がくわえさせろって——）

（は——？）

同級生がぽかんとした。

（何なんだよあいつ……、ホモだったのかよ。急に俺のこと好きだとか言い出して）

恐ろしげに口にしながら、池原の一方的な芝居に声を失《な》くした忍を睨む。

（いくら綺麗だからって誰が男なんか好きになるんだよ。――最悪だよおまえ、気持ち悪いんだよ！）

そのあとはよく覚えていない。親と一緒に校長室に呼ばれ、池原は友人にした話を翻《ひるがえ》さず、ただ忍を罵《ののし》った。池原が言ったのか、目撃した同級生が吹聴《ふいちょう》したのか、忍が池原に一方的に思いを寄せて付きまとい、体の関係を迫《せま》ったという話が校内をまことしやかに駆け巡《めぐ》り、忍はクラスどころか学校中から好奇や蔑みの目を向けられた。受験前で他人のことに構っている暇《ひま》がなかったせいか、露骨《ろこつ》ないじめこそなかったものの、卒業までの間、忍はクラスの中で完全に孤立した状態になった。誰も忍に話しかけてはこず、忍も釈明《しゃくめい》しようとは思わなかった。

池原ともそれきり話していない。進学先も自分を知る人がいない北海道に変えた。

あの日、池原への恋愛感情は不思議なほど綺麗に消えてしまった。ただその代わりに痛みが生まれた――好きなひとに裏切られ、罵られた痛みが。気持ち悪い、最悪――優しい笑顔の裏で、本当は池原はそんなふうに思っていたんだろうか。

その生活の中で救いだったのは、家族が誰も忍を責めずにいてくれたことだ。問われるままに真実は打ち明けた。家族は皆ゲイだということに驚きつつも、変えようがないことだからと受け入れ、池原と戦いたくはないという忍の気持ちを尊重してくれた。誹謗《ひぼう》や中傷を受けただろうに、そんなことはおくびにも出さずに明るく自分を包み、札幌《さっぽろ》へ送り出してくれた家族には本当に感謝している。

札幌に来てからは、もう開き直って生きることに決めた。いつまでもうつむいていては、自分が駄目になる。ゲイであることをオープンにしておいて、嫌悪する相手とははじめから親しくならなければいいと頭を切り替えた。幸い大学で会った仲間たちは成熟《せいじゅく》していて、もちろん敬遠したり陰口をたたく人たちもいたけれど、大半が忍の指向をすんなりと受け入れてくれた。ゲイが集まる場所にも行ってみて、そこで慶舟と出会えた。

何もかもを吹っ切ったら、池原と出会う前以上にのびのびと明るくいられるようになった。素《す》のままで生きられることは何よりも楽だった。ただ池原の話は慶舟は知っているけれど、亮介に話したことはない。亮介には知られたくない自分の暗部だった。

今になれば池原の心情も理解できる。子供のころから親の期待を一身に背負って優等生として生きてきて、ひそかに息苦しさを感じていたのかもしれないし、ある意味受験という目先の目標に縛られ過ぎて、あらゆる面でゆとりを失くしていたのかもしれない。そんな状況だったなら、ただでさえ性欲が高まる十代後半に覚えたセックスにのめり込んでしまっても無理はなかったし、勉強がおろそかになってしまったのも当たり前だった。

結局池原は巻き返し、第一志望の大学に合格した。その後どうしているのかは、札幌に来る前の交友関係を切り捨ててしまった忍にはわからない。幸せでいてくれたらいいと願えるほどまだ大人になれてはいないけれど、池原のつらさはいくらかならわかるようになった。もし出会ったのがあの頃じゃなくもう少し大人になってからだったら、池原とも、ほかの友人たちとも違う関係が築けたのかもしれない。あんな糾弾《きゅうだん》をされたのも、多分彼らが悪いわけではなく、ある意味閉ざされた環境とストレスのせいだったんじゃないかと今ならば思える。

そうやって過去のことはけりを付けられた——ただ恋する相手に裏切られたときの苦しさだけはずっと忘れられない。

池原との関係が終わったとき、もう恋はしないと決めた。誰も好きにならないし、もし好きなひとが出来ても思いは伝えない、と。札幌に来てからも誰とも付き合ってはいない。体の相手は何人かいたものの、あくまで恋人にはならず、互いに体だけと割り切れる人としか関係を持たなかった——もっとも亮介への思いが日を追うごとにどんどん強くなって、三年前、最後の相手と終わりになってからは誰とも関係を持っていない。

亮介が池原のような人間ではないとよくわかっている。思いを伝えたとして、受け入れてはもらえなくても、嫌悪はされないと思う。だけど絶対という保証はない。だから怖い。それに万一この思いが実ったとしても、いつか壊れてしまうかもしれないと常に不安を抱えて生きるのはつらい。

(——友達が一番)

軽く息を吸い込み、自分に言い聞かせるように心の中で呟く。

多くを望んではいけない。そもそも今だって、考えられないほど幸運な状態なのだ。亮介を騙していることに罪悪感を覚えながら、この幸せが少しでも長く続いてくれるようにとそっと願っている。

電車を降り、待ち合わせ場所のカフェへ向かったものの、時間になっても亮介は来なかった。亮介が遅れてくることは滅多《めった》にない。普段は車通勤だけれど、今日は飲むから電車かバスのはずだ。乗り遅れたんだろうか、仕事が終わらないんだろうかとぼんやり考えていたときに亮介が姿を現した。

「悪い、遅れた」

「いや、全然。仕事大丈夫だった？　時間、もっと遅くしても良かったのに」

「仕事じゃなくて——先に手洗ってきていいか？」

え、と亮介の手に目を向けると、両手が汚れている。どうしたのと驚く忍に、車が、と鞄《かばん》を置いて亮介が話し出した。

「バスで来たんだけど、停留所で降りたらすぐ先のところで車がパンクしてて、ドライバーが困ってて。幸いジャッキとスペアタイヤは積んでたから、交換してきた」

何とも亮介らしい話に、思わず忍の頬が緩む。本当に亮介は親切なのだ。困っているひとを放っておけない。——だから自分もその恩恵にあずかっているのだが。

「なんだよ、実は可愛い女の子だったとかじゃないのー？　連絡先教えてくださいとか言われなかった？」

内心ドキドキしつつからかうと、呆れたようなまなざしを向けられた。

「小さい子供を三人乗せた母親だよ」

そうしてトイレに向かった亮介に、それは残念と茶々を入れながらほっとする。

実は今までにも、ほかの車がトラブルに見舞われた場面に遭遇《そうぐう》して亮介が助けたことは何度かある。中には若い女性もいて、お礼をしたいから連絡先を教えてほしいと言われていたこともあった――単に純粋《じゅんすい》な感謝だけとは言えないような甘い口調で。そのたび亮介はお気遣いなくと答えて終わっているけれど、この先いつどこに運命的な出会いが転がっているかわからない。

（……やめやめ）

どんより沈みそうになった心をぐいっと引き上げる。折角《せっかく》亮介と会っているのに、暗い空気を漂わせたくない。幸せが逃げてしまう。ペシッとちいさく自分の頬を叩いた瞬間、えっ、と通りすぎた客から驚いたような声がこぼれて忍はふっと面《おもて》を上げた。

「忍！」

空《から》のカップを持って立ち止まったのは、久しぶりに会う人物だった。

「……っ、高勢《たかせ》さん？」

びっくりして忍も思わず目を見開いた。元気だったたか、と高勢が以前と変わらない人懐こい笑みを浮かべて忍の腕をぽんぽん叩く。

「どうしたの、いつ札幌に」

驚いて尋ねた忍に、一昨日《おととい》、と嬉しげに高勢が返事をした。

「こっちの支社に戻ってきたんだよ。このたびめでたく課長さんになりまして」

「え、おめでとう、すごいじゃん！」

いやいやと目を細め、もっと言ってと高勢が忍の笑いを誘った。

「急な人事でさ。引っ越しも急。落ち着いたら連絡しようと思ってたんだ。会えて良かったよ」

相変わらず人の好さが伝わってくるやわらかな表情に忍の頬もつられて緩む。

三歳上の高勢とは五年近く前、ゲイバーで知り合った。人当たりが良くて陽気な高勢と気が合って、体のつながりも持つようになった。そんな期間が二年ほど続き、高勢の東京への転勤で関係は円満に終わりを迎えた。それ以来、忍は誰とも寝ていない。だからこのまま行けば、高勢は忍の最後の相手になる。

「俺が東京行ってからだから三年ぶりか。変わんないな」

からからと笑う高勢に、そっちこそ、と忍がニヤッと笑って返す。

「まあちょっと貫禄《かんろく》ついた感じはするけど、課長さんだからいいんじゃない？」

「言うなよー。向こう行ってから五キロ増えたんだよ」

あちこちで言われているのか、高勢が芝居がかったふうに眉を寄せた。

「大丈夫、今も充分イケてるよ」

高勢の調子に合わせ、片目をつぶり、グッと親指を立てて忍が言うと、信じていいのかよと高勢が笑った。

「な、予定ないならうちに来ないか？　このあと頼んでる荷物が来るから外出られないんだけど、何か買って宅飲みとか」

「ごめん、連れがいて」

忍が詫びると、あ、と高勢が意味ありげに目を光らせ、楽しそうに忍の耳元にささやきかけてきた。

「なになに、もしかしてついに例の子と――亮介くんだったか、上手く行ったのか？」

高勢は亮介と面識はないが、忍の亮介への思いを知っている。その上で体だけの付き合いになることを了承してくれたのだ。

「違うよ。確かに亮介だけど、高勢さんが考えてるような関係じゃない」

苦笑いして否定した忍に、なんだよ、と高勢がびっくりしたように目を瞬《しばた》く。

「まだオトモダチかよ？　そろそろどうにかしちまえよ」

高勢がそう発破をかけてきたとき、足音が響いた。ふっと忍と高勢が顔を上げる。手を洗い終えた亮介が、手にカップを持って戻ってきたところだった。

「あ――、汚れ取れたか？」

別に疚《やま》しいことなどないはずなのに、亮介に向ける表情がぎこちなくなったのが自分でもわかった。亮介は落ち着いた面持ちで、ああ、と短く頷いた。

「こんにちは、お邪魔してすみません」

高勢が笑みを浮かべて如才《じょさい》なく亮介に会釈《えしゃく》する。亮介は無言で頭を軽く下げて応えた。

ふたりが会うのは今が初めてだ。どんな人間なのか興味があったのだろう、高勢がすっと亮介の全身に目を走らせた。

「――じゃあな。連絡する」

……その笑顔がなんとも楽しげだったのは気のせいか。忍の肩を叩き、高勢が朗らかに歩き出した。亮介は店を出て行く高勢の姿を黙って見送っていた。

「――昔の友達。転勤で久々にこっちに戻ってきたところなんだって」

笑みを繕《つくろ》って告げた忍に、そうか、と椅子に腰かけた亮介が低い声で答えた。それきり何も言わず、コーヒーを飲む。

自分が意識しすぎているせいなのか、なんとなく空気が重い。嘘はついていない――伏せていることがあるだけで。けれど言う必要のないことだし、聞かされても亮介も反応に困るはずだ。

（……いや、別に困りもしないか）

心の中に乾いた風がひゅうっと吹き、忍が力なく笑う。事実を伝えたところで、亮介はそうかと頷くだけだろう。忍の男性関係は亮介にとって何の意味もないことだ。

「――飯とか良かったのか」

少ししてから、ぼそりと亮介が呟いた。え、と忍が目を向けると、さっきの、と続ける。

「友達。久しぶりだったんだろ」

「え、いや、そうだけど——」

「会ってきたら？　別に俺のことは構わなくていい」

「構うよ！」

思わず力を込めて言い切った直後、はっと我に返った。何をムキになっているんだと亮介に訝しまれるじゃないか——。

情けない失態をどう取り繕えばいいのかと頭を抱え込みたくなっていたら、亮介のちいさな笑い声が聞こえた。思いがけない反応に、わずかに戸惑う。

「なに力込めてんだ」

亮介は珍しく楽しそうだった。その姿に、忍の心が淡く弾む。

「……や、別に力なんか込めてないし」

照れくささをごまかすように、わざと口を尖らせる。亮介が面白《おもしろ》そうに忍を見た。

「込めてた」

込めてない、込めてたと意味のない押し問答を繰り返しているうち、おかしくなって忍が吹き出した。つられてか、亮介も目尻に皺《しわ》を寄せて笑う。

「小学生かよ……」

笑い過ぎて滲《にじ》んだ涙を指先で拭《ぬぐ》い、忍が息も絶え絶えに呻く。テーブルに突っ伏していた亮介も大きく息を吐いた。それから楽しそうに口を開く。

「――忍さん、俺のこと好きだよな」

そう言われた瞬間、どきっと心臓が撥ねた。けれど亮介の表情は真剣ではなく、楽しがっているものだった。

「好きだよ」

だからそう答えた。さらっと――ふざけて威張《いば》っているような、それがどうしたとでもいうような軽い口調で。本当はそこにとてつもない思いが籠《こも》っているのに。

言ってから、ちらっと顔を上げた。冗談として受け取っているからか、亮介の面持ちに迷惑そうな気配は浮かんでいなくてほっとした。

「――亮介は?」

頬杖をつき、上目遣いで亮介を見やり、あくまで話のついでという素振《そぶ》りで訊いてみた。何気ない様子を繕いながら、内心はひどく緊張していた。けれど戻された答えは、あまりにも素っ気ないものだった。

「別に」

そのひとことを聞いた途端、コントみたいにガクッと忍の顔がてのひらから落ちた。亮介がそれを見てまた笑う。

（なんだよこれ……）

自分の情けなさと亮介のつれなさに、忍はすっかり落ち込んだ。――いや、別に意味のない会話の延長で、返事には何の意味もないのだとわかっている。それでも好きな相手から、木で鼻を括《くく》ったような態度をされればやはりがっかりしてしまう。所詮《しょせん》は自分の一方通行な思いなんだと、わかりきっているそんなことが、他愛《たわい》もないやり取りで改めて実感させられて悲しくなる。

少ししてから、笑いをおさめた亮介が呟いた。

「――嘘」

落ち込んだまま、ふっと忍が目を上げて亮介を見た。

「好き」

おだやかなまなざしが真正面から向けられていた。その瞬間、忍は自分の顔に体中の熱が集まったのを自覚した。

「……バッ、馬鹿じゃね、おれ口説《くど》いてどうすんの」

頬の赤味を蹴散らすように喚く。口説いてない、と亮介がしれっと答えてコーヒーを飲む。

「口説いてます」

「口説いてません」

また小学生めいた押し問答をして、すぐに笑いが弾けた。

（……どうしよう、めちゃくちゃ嬉しい）

亮介にとっては、きっと明日になれば忘れているような、ただの言葉遊びめいた会話。それが自分には、これから先、一生心に残る。

泣きたいほどの幸せを嚙み締めながら、忍は何度目かの「口説いてます」を口にした。


「いやはや、忍くんの気の長さに乾杯！」

賑やかな居酒屋の席、半分空《あ》いたジョッキを持ち上げた高勢に、やめてと忍が額を押さえてうなだれた。

「えー、だってすごいじゃん。十年片思いってギネス級だろ。さすがにもう付き合ってるなり別れるなりしてると思ってたよ」

悪気なく放たれた言葉は確かに的外れではない。けれどその自覚が充分にある人間にとっては耳が痛い。

カフェでばったり会った翌日、高勢が早速忍に連絡をしてきた。会おうと誘われ、四日後の金曜の今日、仕事を終えてから飲むことになった。

互いの近況を報告し合うのもそこそこに、待ち構えていたように高勢に亮介とのことを聞かれた。隠すこともなければ話すこともない恋の進みに、高勢は他人事《ひとごと》ながら相当じれったさを覚えたらしく、どうして言わないんだよ、さっさと告《コク》れと話の途中で何度も檄《げき》を飛ばされた。

「信じらんねえ、なんでそんなじれったいことしてられるわけ？」

呆れているのか面白いのか、高勢が目をしぱしぱさせて忍を見る。いいんだよ、と忍はビールを呷《あお》って頷いた。

「それで幸せだからいいの。ほっといてください」

淡々と返した忍に、だけどさあ、と納得できないような風情《ふぜい》で高勢が呟く。

「もったいないわー、せっかくの忍が」

「なんだよそれ。全然もったいなくないし」

眉を寄せて首を振る。もったいないよ、と高勢がもう一度断言した。

「今までいろんなヤツと寝てきたけどさ、ルックスも性格も忍を超えるヤツはいねえもん」

「うわー、高勢さん、都会にもまれて口が上手くなっちゃった」

ニヤッと笑う忍を見て、お世辞じゃないぞ、と高勢が言った。

「スーツ姿も完全に板に付いちゃって。昔はまだちょっと着られてる感があって――、まあこれはあれで可愛かったけどな」

懐かしげに目を細めている高勢を軽く睨み、これでも十年以上着てますから、と返事をした。だよな、とそんな忍にやわらかく微笑みかけて、高勢がわずかに身を乗り出してきた。

「なあ、プラトニックはそっちに任せて、体のほうはまた俺とどうだ？」

「有り難《あがた》くご遠慮《えんりょ》します」

深々と頭を下げて断ると、早っ、と高勢が大仰《おおぎょう》にのけぞった。

「もうちょっと考えてみせるとかそういうのないのかよー。早すぎるわ」

「ごめん。体だけってもうやめたんだ」

さらりと伝えた答えが予想外だったのか、高勢が呆然と忍を見る。

「え、いつから」

「高勢さんと終わってから」

「……っ、じゃあ三年も⁉」

高勢が目を大きく見開いた。

「信じらんねえ、なんでそんな修行僧みたいなことが出来るわけ？」

禁欲的にもほどがあると頭を抱えて呻《うめ》く。それからはっと気付いたように真剣な面持ちになった。

「……まさか勃《た》たなくなったとか？　そういうんならどこかいい医者探すぞ」

考えすぎの高勢の親切に、違うよ、と忍が苦笑いする。

「なんていうか——前は亮介のこと好きだけど、心と体は切り離して、ある意味割り切ってた。

まあ正直、単にセックスしたかったっていうのもあったし、いくら好きでもこの気持ちが報《むく》われることはないんだって思ってたし。だけどどんどん亮介のこと好きになって……、そしたら気持ちと体が別っていうのが、なんか自分の中でダメになった。別に操立《みさおだ》てとかそんなんじゃないし、そんなことされたって亮介だって困るだろうって思うけど――いや、まあ一生わかんないままっていうか、わかられても困るんだけど、ただなんていうか――、本気で好きってこういうことなんだってわかったっていうか……」

ゆるく息を吐いて、訥々《とつとつ》と説明する。

池原とあんなことがあったというのに、あの一件のあとも、幸か不幸か忍はセックスを嫌悪したり怖がったりするようにはならなかった。恋からは距離を置いていたとはいえ、亮介を好きになってからも、体の欲を持て余し、一方的な罪悪感を覚えながらも体だけの付き合いが出来る相手を求めた――奔放《ほんぽう》にではなく、決まった相手とだけ。そのひとりで、最後の相手が高勢だ。

けれど亮介への思いが募《つの》っていくにつれ、正直セックスを楽しめなくなったし、すっきりもしなくなった。そんな自分に気付いた頃、高勢が札幌を離れることになり、それを機に体の相手を作るのをやめた。

正直自分で決めたことではあっても、本当にそんな生活が送れるのか半信半疑だった部分はあった。でもいざ始めてしまったら、別に何も困りはしなかった。むしろ自分の亮介への思いが、よりはっきりと鮮明に、強くなった気がした。

ちなみに慶舟とそういう関係にならなかったのは、ちょうど出会ったとき、慶舟に恋人がいたからだ。その相手と別れる頃には、自分たちのつながりは友人としての結びつきがあまりに強くなってしまっていて、恋人にも、セックスフレンドにもならなかった。その選択は正しかったとつくづく思う――亮介と普通の顔をして過ごせなくなるのは嫌だ。

「……だからごめん。そういう関係にはなれないんだ」

苦笑いで伝えた忍に、その決意を感じ取ってくれたのか、そうか、と高勢がおだやかな声で頷いた。

「そこまで決めちゃってんならどうしようもない。残念だけど諦《あきら》めるか」

清々《すがすが》しい表情で呟く。ありがと、と忍はゆるく微笑んだ。

「……しかしそれだけ気持ちを固めてるんだったら、いい加減告白しちまったほうがいいんじゃないのか」

高勢が不意にからかいを消した面持ちでそう言った。

「いやな言い方になるけど――、亮介くんも三十過ぎたんだろ。そろそろ真剣に将来のことを……、結婚とか意識し出す時期になってきてるんじゃないのか」

その高勢の言葉は正論で、忍も以前から考えていたことだった。

目先のことだけ考えて生きていられた時代は、そろそろ終わりを迎えつつある。自分のまわりを見ても、ゲイ、ストレート問わず、結婚して家庭を築いたり、将来を見据《みす》えた付き合いをしたりしている友人たちが近頃増えてきた。慶舟だってそうだ。パートナーを持たないなら持たないで、ひとりで生きていく心積もりをぼんやりとではあってもしている仲間も多くなった。

「こないだ見た感じだと、彼、結構もてそうだし。狙《ねら》う女の子、多そうだぞ。十年以上そばにいるのに、何もしないでサッとかっさらわれていいのかよ」

忍を鼓舞しようとしているらしく、高勢が強い口調で迫ってくる。けれど忍はやんわり笑ってそれを受け流した。

「いいんだ、このままで」

短く答えると、高勢が大きく息を吐いた。

「……まあ、忍には忍の考えがあって決めたことなんだろうから、それなら俺はとやかく言わないけどさ」

高勢は池原とのことを知っている。恋愛に対する忍のスタンスも知っていて、だから忍の決断に口出しはしないと決めているらしい。

「とりあえず、お互い還暦《かんれき》過ぎてひとりだったら付き合おうぜ。ふたりでいたわり合って老後を過ごすってのもいいんじゃねえの？」

そう言って高勢が焼き鳥の串《くし》を手に取った。

「六十か――、まだまだ先な気がするけどあっという間なんだろうな」

忍が枝豆に手を伸ばして苦笑いした。そうだぞ、と高勢が重々しく頷いた。

「三十になるのだって一瞬だったろ？　六十になるのもきっと瞬《またた》く間だよ。六十になった自分の姿って、昔は全然想像できなかったけど、最近なんとなくイメージ湧くようになったもんなぁ」

「わかる。見た目は変わってても中身は一生このままなんだろうなって、おれ最近思うようになってきた」

「俺も俺も。昔は年取るごとに、黙ってても中身は成長してくもんだと思ってたけどさっぱりだ」

開き直った調子で言い切り、ビールを飲んだ。

「まあ人間、そう変われるもんじゃないしな。自分で自分に折り合いつけてやってくしかねぇよな」

自分に言い聞かせるように、高勢がゆっくり首を振る。

そのあとは共通の友人の近況や、この三年の間の出来事を話した。居酒屋のあとはバーに行き、終電に合わせて、また近いうちにと約束をして別れた。

最寄りの駅で電車から降り、改札をくぐって外に出ると、夜空に星々がくっきりと輝いていた。きれいだなとぼんやり見ながら家までの夜道を歩く。

久しぶりに高勢と過ごした時間は楽しかった。三年という時間を感じさせないほどに盛り上がった。ただひとつだけ心に引っ掛かっている言葉がある。

（――そろそろ真剣に将来のこと……、結婚とか意識し出す時期になってきてるんじゃないのか）

胸にかすかな痛みが走る。

もちろん高勢が悪意で言ったわけではないのは当然わかっているし、客観的な事実でもある。忍だって心の中でずっと意識していた。ただはっきりと他人から言葉として聞かされると、自分でも意外なほどずっしりとした重さを感じた。

今は亮介には彼女がいないけれど、いつか亮介を好きだという女の子が現れたり、亮介が好きになる相手が現れたりもするだろう。そのときにはちゃんと祝福しなければと思っている

――一生友達でいたいのなら。

友達でい続けるということは、亮介の幸せを見続けるということ。

亮介に恋人が出来たとき、自分は笑えるだろうか。笑って、おめでとうと言えるだろうか。言える自分になりたいような、難しそうな――。

……出来ればそのときが、少しでも遅く訪れてほしい。一分でも、一秒でも。

身勝手な願いを抱いて、瞬く星空を見上げていたとき携帯が鳴った。高勢が何か忘れものでもしたのかと画面を見ると、亮介からだった。え、と慌てて立ち止まり、タップする。

「亮介？　どうした」

こんな時間に亮介から電話がかかってくることは滅多《めった》にない。何かあったのかと不安を覚え

て応《こた》えると、いや、と静かな答えが返ってきた。

『外？』

短い問いかけに、うん、と忍が頷く。

「飲んでて、今駅に着いたとこ」

『……この前の友達？』

尋ねられ、そう、と肯定《こうてい》した。その直後、不思議な間が生まれた。え、と戸惑っていたら、じゃあ、と亮介が沈黙を破った。

『帰ったら郵便受け見といて』

「郵便受け？」

きょとんとなって鸚鵡《おうむ》返しに口にする。

『車の雑誌、前に忍さん読みたいって言ってたやつ。会社の先輩に貸してたの、今日戻ってきたから』

「え――、もしかしてそれ届けに来てくれてた……？」

心臓がとくとく跳ねる。嬉しいやら申し訳ないやら悔しいやら、いろいろな感情が心の中に散らばった。

『仕事の帰りに寄ったらいなかったから、郵便受けに入れておいた』

亮介の優しさに感謝する一方で、せっかく会えるチャンスを逃した自分を悔やむ――いや、高勢との時間はもちろん楽しかったのだけれど、亮介とは誰とも何とも比べようがない。

「……今どこ？　亮介の家？」

忍が訊くと、そうだけど、と亮介が訝しげに言う。

「今から行く。ごめん、十分――や、五分待ってて」

そう告げて電話を切った。切る間際、忍さん、とさすがに慌てたらしい亮介の声が聞こえてきた。

タクシーを拾おうと思ったものの、運悪く流しの車はいない。実際乗ったとしても嫌がられる距離だ。考えるより先に走り出す。

わざわざ仕事帰りに寄ってくれた――その優しさが嬉しいし、不在だったことが申し訳ない。すれ違ってしまったことも悔しい。そして何より会いたい――顔が見たい。

こんな時間に来られたら亮介だって迷惑だろうとか、わざわざ何をしに来たと思われるだろうとか、頭の中ではいくらか落ち着いて考えられるのに、心も体も冷静さを失っていた。早く会いたい――その思いだけに突き動かされて夜道を走る。

こんな全力で走ったのは高校の体育祭以来じゃないかと思っていたら、亮介のアパートが見えた。ありったけの力を足に込めて駆ける。

集合玄関のドアを開けたのと同時に、一階の亮介の部屋のドアが開いた。半《なか》ば呆然《ぼうぜん》とした面持ちの亮介が迎えてくれた。

ら玄関に入る。

苦しさに顔をしかめ、息を切らして忍が声をもらすと、中へと促された。肩で息をつきなが
「亮介……」

「上がらないのか」

靴《くつ》を脱がない忍を見て、水を入れたグラスを差し出してくれた亮介が怪訝《けげん》そうに尋ねてきた。

亮介に会った瞬間、自分の唐突な行動がいかに亮介に迷惑をかけているか改めて感じ入って、いかに図々しい忍でもとても中に入ろうとは思えなかった。衝動と感情に任せて非常識な行動をしてしまった自分が恥ずかしくて、けれどそれ以上に亮介に会えた嬉しさを感じてしまう自分がいて嫌になる。もう帰るから、とそっと亮介を見た。

「──一本、ありがとう。折角来てくれたのに、いなくてごめんな」

もらった水を飲み、まだ荒い息でそう口にした忍に、亮介が呆《あき》れたようにちいさく笑う。その表情にはどことなく温かみが感じられて、少しほっとした。

「それ言いにわざわざ?」

「あ、うん……、ごめん、明日も仕事なのに」

口元を拭《ぬぐ》って視線を足元に落とす。亮介が少し心配そうに言う。

「走ってきたんだろ。飲んでるのに大丈夫なのか?　いくらザルでも回るぞ」

「いや、平気」

亮介の顔を見れば酔《よ》いも飛んでいく——言えない本音を水と一緒に流し込んだ。

「じゃあおやすみ。ホントにありがと」

「待て、送る」

亮介が車の鍵《かぎ》を手に取った。

「いや、いい」

これ以上迷惑はかけられない。慌てて首を振った忍に、亮介が少し眉を寄せた。

「——あのひとが家にいるとか?」

「違う!」

きっぱりと否定した。自分の剣幕に我ながら驚いた。図星を指されて動揺していると思われるんじゃないかと後悔していたら、送る、と何事もなかったように亮介がもう一度言った。さすがに何度も拒《こば》むのは疚《やま》しいことがあるのを隠していると思われそうで、申し訳なさを感じたけれど忍は亮介の好意に甘えることにした。

「結構飲んだのか?」

車のエンジンをかけた亮介に言われて、あ、と忍が口元を押さえる。

「ごめん、酒くさい?」

自分はもちろん、高勢も飲むほうだ。しかも飲み放題の店だったから、かなりアルコールは摂《と》っている。

「いや――」

シートベルトを引きながら、亮介がふっと忍の顎《あご》のあたりに顔を近づけた。

「――大丈夫、そんなんでもない」

冷静に判定し、シートベルトを締めてアクセルを踏む。

（……びっくりした）

静かに夜の街を走り出した車の中、忍の心臓は大騒ぎをしていた。こんな不意打ちの急接近――亮介にとってはまったく意味のない行為でも、自分にとっては大事件だった。正直亮介のほのかなシャンプーの匂いに体が反応してしまいそうになって、今は抑えるのに精一杯だ。何か気を紛《まぎ》らわせようと会話の糸口を探す。なのにこんな時に限って何も思いつかない。焦りで頭の中が空回りするだけだ。

そんな忍に亮介が、この前のひと、と話しかけてきた。

「高勢さん？」

亮介にしてはずいぶん引っ張るなと思いつつ忍が返す。しかも気のせいか、高勢の話をするときの亮介の声には、あまり友好的な響きがないように思えた。一緒にいたのはほんのわずかな時間で、好悪を感じている暇《ひま》もなかったのだから、おそらく自分の考え過ぎだと心の中で自己解決すると、あのひと、と亮介が静かに切り出してきた。

「もしかしてゲイ？」

「あ……、うん」

高勢は会社を含めて周囲にカミングアウト済みだからそれを認められるけれど、そうじゃない場合は答えられない。そんなデリケートな事柄だと亮介もわかっているのだろう、忍や慶舟の友人について、亮介のほうから性的指向を尋ねてきたことはない。そんな相手からの突然の質問の意図を考えていたら、ゆっくりと亮介が口を開いた。

「――失恋のショックをあのひとに体で慰めてもらうとか？」

「そんなことしない！」

即座に否定した。胸に刀を突き立てられた気がした。

確かに今まで自分が清く正しい生活を送ってきたかと言われればそうではない。だけど今は愛しているひと以外とは体を重ねたくはない。

「……悪い」

少ししてから亮介に詫びられた。いや、と忍が首を振る。

胸の痛みがいくらか落ち着くと、亮介のことがなんとなく心配になってきた。いつもと様子がどこか違う――亮介の中で何が起きたのか、気になりはしても探ることは出来ない。

こんな空気を引きずっているのは嫌で、そういえば、と忍が息をひとつ吸ってから話題を変えた。

「昨日のテレビでさ、この前行った取引先の部長が映《うつ》ったんだよ」

「何の番組」

答えた亮介の声は普段通りでほっとする。そんな安堵《あんど》を隠し、えーと、と忍が続けた。

「なんだっけ、ほら、夜中のあれ」

「それでわかるか」

亮介が苦笑いして、いや、十二時過ぎからやってるやつで、と忍が呻く。そんな当たり障《さわ》りのない会話に普通に移れたことにほっとしているうちに忍のマンションに着いた。

「ありがとな。運転手さん、釣りは取っといて」

「金出してないだろ」

突っ込む亮介に、そうだっけ、と白々しく笑い返す。

「じゃあね、おやすみ。どうもありがとう」

おやすみ、と亮介が言って車が動き出す。角を曲がって見えなくなるまで見送り、郵便受けから袋に入った雑誌を取って部屋に上がった。テーブルの上にそっと本を置く。胸がじんわり温かくなった。

こんな亮介の親切を見てからさっきの態度を思い返せば、どうにも違和感を覚えてしまう。もしかしたら高勢との関係を誤解されているんだろうか——？　高勢と新しい恋を始めようとしている、と。失恋ごっこに付き合ってくれている立場としては、気になったとしてもおかしなことではなかった。

有り得ない——自分はもうずっと亮介ひとすじなのに。けれどそんなことは口に出せない。もし自分が高勢と付き合うことになったと言ったら、亮介はどんな反応をするだろう。やっぱりと言うか、それともこれでまたひとりで気楽に過ごせるとほっとするか——そう思った途端、心がちくっと痛んだ。……仕方がない。亮介を騙している罰だ。これくらいの痛みを引き受けなければ。

窓を開けて夜空を見る。先ほどと同じ星たちが、きらきらと無垢《むく》な光を放って夜空を彩《いろど》っていた。

映画を見終えて表に出ても、外はまだほんのり明るかった。七月に入り、街路樹の緑も鮮やかで、気持ちをさわやかに盛り立ててくれる。そんな陽気に誘われるのか、日曜の大通《おおどおり》はいつも以上の人混みだった。

「面白かったー。前評判いいやつってあんまり期待しないんだけど、これは良かったな。主人公いちいちカッコよすぎ」

今見終えたばかりの映画を思い出し、忍が興奮気味に喋る。ラストのカーアクションがすごかった、と亮介は亮介らしい感想をもらす。

「車もすごかったけどさ、あの点心めちゃくちゃ美味《うま》そうじゃなかった？」

終盤近くで主人公たちが食べていたのはテーブルいっぱいの中華料理で、ちょうど食事時が近づいていたこともあって、忍の胃袋は盛大に刺激されてしまったのだ。意気込んだ忍に、亮介が静かに口を開く。

「俺は春巻《はるまき》にそそられた」

同じように思っていたらしい亮介がしみじみと呟き、おれも、と忍が大きく頷いた。

「春巻とくれば餃子《ぎょうざ》も欠かせないよな。餃子は慶舟の作るやつが一番」

美味い、と言いかけて忍ははっと口を噤《つぐ》んだ。

気を遣ってくれているのか、ここしばらく亮介が慶舟のことを話題にしたことはまったくと言っていいほどない。そんな配慮に水を差してはいけないと、忍も慶舟のことを話には出さなかった。

「……食べに行ってきたいか？」

隣から亮介が低い声で問いかけてくる。その表情にどんな感情が隠れているのかは読み取れなかったけれど、いや、と忍は首を横に振った。

「馬に蹴《け》られるのは嫌だし。また今度にしよ」

慶舟、亮介、両方に申し訳なさを覚えながら笑みを作って返すと、そうだな、と亮介が頷いた。

慶舟に失恋したと亮介から誤解されているとわかってもうすぐ二ヵ月、いつまでもこのままではいられないんじゃないかと忍もそろそろ真剣に考えるようになってきていた。

高勢のことはあの日以来訊かれていないし、自分が高勢を好きになったと勘違いしている様子を亮介が見せることもない。それでも気にかかってしまう。

それに自分への配慮のせいで亮介と慶舟が疎遠《そえん》になってしまうのはやはり気が引ける。ふたりがどれだけ連絡を取らずにいても崩れてしまうような関係ではないとわかってはいるものの、離れなくてもいいふたりが離れているのは心が痛い。亮介だって慶舟と話したいこともあるかもしれないのに。

確かに亮介とふたりで過ごせる時間は幸せでも、永続するものではないとわかっている以上、少しずつ自分なりに亮介の手を離す準備をしていかなくてはならないだろうと思う。

こうやって亮介を騙していること自体にも、時間が経つにつれて罪悪感が強まっていた。いくら好きなひとに労《いた》わられて、優しくしてもらっても、それは本来受け取れる労わりや優しさではない。騙して、嘘をついて受け取っている——その罪悪感に胸がひりつく。

そばにいたいのはもちろんだ。どんな形であれ亮介の隣にいたい。けれど亮介のことを思えば、そして自分のためにも、そろそろ正しい道を選ばなければならないのだろう。

「——どうした？」

呼びかけられてハッと顔を上げた。どことなく気づかわしげなまなざしで亮介がこちらを見ていた。

「いや、全然。腹減ってぼーっとしてた」

取り繕って返すと、子供かと馬鹿にしたような笑いを向けられた。のんびり歩きつつ、悪かったなと口を尖《とが》らせてみせた。

「……そのうちさ、慶舟に連絡してみる？　餃子と春巻作ってって。あ、焼売《しゅうまい》も」

いくらかずつショックから立ち直ってきたと、さりげなく亮介にアピールしてみよう――そんなことを考えて言ってみたら、亮介の表情がかすかに硬くなった。忍が戸惑うのと同時に亮介から言葉が返る。

「――やっぱりまだ好きか？」

静かに問われ、え、と忍は足を止めた。そう訊いた亮介の気持ちがわからない。まだ諦められないのかと呆れているのか、同情してくれているのか。

「まだ慶舟を」

そこまで亮介が言ったとき、あ、と甲高《かんだか》い声が響いた。亮介が言葉を止め、忍もふっと声がしたほうへ目を向ける。

「福原《ふくはら》先輩――」

驚いているのか、頬を薄紅に染めた、純朴《じゅんぼく》そうな女性が数メートル先に突っ立っていた。忍の知らない相手だ。それでも亮介を先輩と呼ぶのだから、学生時代の後輩らしいことは窺えた。

「白山《しろやま》」

亮介はわずかに眉を動かし、ごく自然に彼女の名を呼んだ。彼女がぺこっと一礼して、小走りに近づいてくる。少し潤《うる》んだ大きな目は、亮介を捉《とら》えて離れない。

「びっくりした、ここで会えるなんて……」

ひとりごちるように呟いた彼女の頬は、赤く染まったままだ。艶《つや》のある黒髪が清楚《せいそ》な印象を醸《かも》し出《だ》している。整った顔立ちだけれど、少しふっくらした頬が親しみやすさを感じさせた。

「車どうだ？　大丈夫か」

いつだって冷静な男は、こんなときでも驚きはしない。普段通りの声音で問いかけた亮介に、はい、と彼女が大きく頷いた。

「おかげさまで快適です。あのときは本当にありがとうございました」

「いや、それが俺の仕事だから」

言葉だけを聞けば突《つ》っ慳貪《けんどん》な亮介の対応。でも決して冷たいわけではない。それがわかっているのか、亮介に向き合う彼女の表情は温かで、どこか嬉しそうだった。

（ああ、そうなんだろうな――）

彼女を見た瞬間に生まれていた忍の疑念は、数秒で確信に近いものへと変わっていた。

たぶん彼女は亮介に好意を持っている。根拠《こんきょ》はないものの、この直感は間違いない気がする。亮介を好きだからわかる――彼女は自分と同じ感情を亮介に寄せている、と。

「……あの、お礼、結局まだ出来てないので、良かったら今度一緒にご飯でもどうですか」

彼女がつぶらな瞳を亮介に向けて誘う。けれど亮介はあっさりと断った。

「気を遣ってくれなくていい」

「いいえ、そういう訳には。——あの、今日ってもう食べちゃいましたか？　急ですけど、もしご都合良ければこれからとか」

懸命《けんめい》に彼女が誘いかけてくる。これだけ必死に誘っているのだから、今断ってもいずれまた亮介に接近してくるだろう。そのときふたりだけで会われるよりも、自分もいる場で会ってくれたほうが、妄想《もうそう》で過剰《かじょう》な嫉妬をしなくて済む——そんな利己的《りこてき》な計算を素早くして、忍は笑みを浮かべると、あの、とのどかな調子で口を挟《はさ》んだ。亮介に連れがいたことはすっかり頭から抜けていたのか、彼女がはっと慌てたように忍を見た彼女に微笑みかけ、なめらかに続けた。

「急にごめんね。亮介の友達です。おれたちこれから中華食べに行くところだったんだけど、それで良かったら一緒にどう？」

「えっ、いいんですか？」

忍が誘いかけると、彼女の瞳がぱあっと輝きを発した。そんな彼女の脇で、亮介がかすかに眉間《みけん》に皺《しわ》を寄せた。それに気付かないふりをして、忍がおおらかに笑顔を見せる。

「もちろん歓迎。なあ亮介？」

常識人の亮介が、この流れで嫌だと言うわけがない。そう見越しての発案で、そんな忍の予想通り、ああ、と亮介が素っ気ないながらも頷いた。彼女の瞳にいっそうきらめきが宿る。

「うわ、嬉しい。すみません、それじゃお言葉に甘えて、図々《ずうずう》しく」

全身から喜びを発散させる彼女を見やって忍が促す。

「じゃあ早速行こっか。美味い店があるんだよ」

先導する忍に、亮介がもの言いたげな視線を投げてくる。勝手に事を進めた自分に呆れていることはわかったものの、それを無視して、忍は彼女との話に花を咲かせた。

店に着くころには、名前は白山彩海《あやみ》、亮介と同じ高校で一年後輩、柔道部でも一緒、今は地元を離れて一人暮らし、札幌市内の書店で働いていると、おおよそのプロフィールを知ることが出来た。先日車が故障して救援を頼んだら、やってきたのが数年ぶりに会う亮介で、本当に驚いたということも。

彩海は礼儀正しく、素朴で、立場をわきまえている女性のようだった。店に入っても、図々しくすみません、と恐縮した様子でしきりに頭を下げていた。さっきあれだけ強引に食事に誘ったのは、亮介とのつながりを逃したくないという強い思いのせいだったのだろう。

「え、じゃあ亮介って高校のときずっと坊主だったの？」

肉汁があふれる小籠包《しょうろんぽう》に舌鼓《したつづみ》を打ちつつ、彩海に明かされた過去の亮介のエピソードに驚く忍に、そうなんですよ、と微笑んで彩海が頷いた。

「顧問の先生の方針で。柔道部なのか野球部なのかわからないってみんなよく言ってて」

あんかけ焼きそばを取り分け、彩海がおだやかに笑った。

「見てみたかったな、亮介の坊主頭」

忍がにやにやとからかった。彩海から焼きそばを受け取り、普通だよ、とどうでもよさげに亮介が返事をした。

「今度写真見せてよ」

「いやだ」

「ケチ。似合いそうだからいいじゃん」

忍の非難はお構いなしで、亮介が黙々と焼きそばを啜《すす》る。

「彩海ちゃん、どうして柔道してたの？　柔道やってる女の子って、あんまり多くなさげだけど」

忍の問いかけに、彩海が恥ずかしげに口を開いた。

「うち、兄がふたりいるんですけど、子供のときから柔道を習ってて。それで私も一緒にやりたくなったんです」

「白山、すごい強かったんだぞ。忍さんなんて簡単に投げられる」

亮介が冷静に半畳《はんじょう》を入れる。やだ、と彩海の頬がまた赤く染まった。可愛いなとどこか冷めた気持ちで思いつつ、そうなんだ、と忍は声を明るくして相槌《あいづち》を打った。亮介が彩海の空《あ》いた皿をすっと片付けた。恐縮する彩海に目を向け、冷静に言葉を続けた。

「男子より強いって、顧問の先生大喜びしてたな」

「そんなことないですよ。私たちの学年の部員が少なかったから、私を辞めさせないために持ち上げてただけで」

「そこまで少なくもなかっただろ」

「少ないです、先輩たちの半分くらいですよ」

彩海が亮介を見て、楽しそうに言う。笑顔はきらきらと光を放っているようだ。その光の矢が忍の心を刺す。

「彩海ちゃん、柔道今もやってるの?」

痛みを振り払うように忍が笑みを繕って問いかけると、彩海が軽く首を振った。

「やってないです。札幌に来てからは離れちゃいました」

「じゃあ亮介とおんなじだ。ふたりとも続けてたら良かったのに。せっかく強いのにもったいない」

いえ私は、と彩海は謙遜《けんそん》なのか否定し、亮介はまったく感心がなさそうに無反応で蟹《かに》焼売を口に放り入れた。

「ちょっと亮介、やる気なかったわけ?」

気のない反応に忍が苦笑いしたら、今はない、とけんもほろろに亮介が返してきた。

「仕事も不規則だし、道場に通う暇《ひま》もない」

あっさり言い放ったのと同時に着信音が響き、あ、と亮介が携帯を取り出した。

「悪い、会社から」

短く断り、席を立つ。店の外へ出て行く後ろ姿を見送り、忍はそっと彩海に視線を動かした。彩海はまだ亮介を見ている。整った横顔には淡い恋の色が滲《にじ》んでいるようだった。そんな彩海を目にする忍の心に苦さが湧く。それから逃れるように、忍はことさら明るい調子を繕った。

「――亮介ってさ」

忍が口を開くと、彩海がふっとこちらを向いて、はい、とにこやかに相槌を打った。

「高校のときからあんな感じ？　無愛想大王？」

忍のからかいに彩海が声を立てて笑う。

「……そうですね、おしゃべりな感じは全然なかったですけど、でも面倒見が良くて、優しくて、格好良くて。表立ってあれこれするっていうことはないけど、陰でみんなを支えてくれてる、みたいな。だからみんなに慕《した》われてたし、憧《あこが》れられてたんですよ」

懐かしむように語る彩海の瞳は眩《まばゆ》かった。その表情に忍の胸に苦みが走る。そして羨《うらや》ましさも覚えた――素直に自分の感情を表せることに。

「彩海ちゃん、慶舟のことは知ってる？」

自分で話を振っておいたくせに、胸の痛みに耐えかねて話題を移す。えっ、と彩海が驚いたのか目を瞬いた。

「笹野さん、北邑《きたむら》さんのことご存知なんですか？　あ、福原先輩つながりで？」

「そう。俺と慶舟が同じ大学だったんだ。慶舟を通しておれは亮介と仲良くなったの」

そうだったんですか、とほのぼのとした笑みを彩海が浮かべた。

「北邑さん、すごくモテてたんですよ。ふたりとも背が高いから、福原先輩と北邑さんが並んでるとすごく目立って」

だよね、と忍がしみじみと同意する。

「おれだって平均くらいの高さはあるのに、あのふたりの間に立ってたらちびっこみたいになるんだよ」

あはは、と彩海が両手を口に当てておおらかに笑った。

そんなやり取りをしているうちに亮介が戻り、悪い、と軽く眉を寄せた。

「これから仕事になった」

「え、今から？」

思いがけない言葉を聞いた忍が目を見開く。

「今日の出番がふたり、熱出して帰ることになって、人が足りないって」

「うわ、きついな。体大丈夫か」

同情の声をもらした忍に、仕方ない、と亮介がさばさばと答えた。今日はここでさよならか――仕事なのだからそれこそ仕方がないことだと頭ではわかっていても、落胆《らくたん》は感じてしまう。

それでもそんな気持ちに蓋《ふた》をして、しっかり働いて稼《かせ》いでこい、と忍は茶化して発破をかけた。

働きますよ、と亮介がひとつ息をつく。

「悪いけど俺はこれで」

「あ、じゃあ私も」

彩海が慌てて立ち上がる。幸い食事もあらかた済んでいたし、彩海も亮介がいない場に忍といても、どうしたらいいかわからないだろう。忍も静かに席を立つ。

お礼なので払わせてほしいと彩海が言ったものの、自分が一番年上だからと言って忍が会計を済ませた。すみませんと恐縮している彩海に、どう致しましてと微笑んだ。

「亮介地下鉄だろ。彩海ちゃんも？　気を付けて」

のどかに忍が声をかける。忍さんは、と亮介が訊いてきた。

「おれは適当にふらふらして帰るよ。まだ早いし」

「明日仕事だろ。もう帰れ」

冷静に諫《いさ》めてきた亮介を、コジュートかよ、と笑い飛ばす。

「ちゃんと仕事に間に合うように帰りますよー。じゃあね」

なおも何か言いたげな亮介に笑顔を向け、手を振って地下鉄駅とは別の方向へ歩き出す。

しばらくしてから振り返ると、夜の帳《とばり》が降りた街並みの中に、ふたりの後ろ姿が小さくなっていくのが見えた。

彩海は嫌味のない、気持ちのいい女性だった。この数十分で見た限り、非の打ち所はない。ふたりの姿をぼんやりとみつめ、かすかな息を吐く。

亮介はあまり彩海を異性として意識していない様子だったけれど、傍目《はため》には似合いのふたりにみえた。

（そうだよな――）

それが自然の形なのだ。すんなりとそう思えた。

実際彩海とどうなるかはともかくとして、彩海のような女性がこれから何人も亮介の前に現れるのだろう。その中に亮介の心を射止める誰かがいたとしてもおかしくはない。

当たり前すぎるほど当たり前のそんな現実を、以前から受け止める覚悟はしていた。三十路も過ぎてそろそろだとも思ってはいた。いつか近い未来にしかるべき相手が現れたとき、一方的に握り締めているこの手をちゃんと離さなければならないと。それでもどこか漠然としていた「いつか」が彩海の登場で今明確な輪郭《りんかく》を持って迫ってきて、そしてはっきりとわかってしまった――覚悟が出来ているつもりでいたくせに、本当は何も出来ていなかったことが。出来ているつもりになっていただけだ。

ぞくりと背中に震えが走る。

きっと平気ではいられない。亮介の隣に誰かが寄り添ったとき、とても落ち着いていられるとは思えない。彩海と並んだ背中を見ただけの今だって胸がちりちりと痛い。恋人として誰かが亮介の隣に並んだら、どれだけ胸が掻き毟《むし》られるような思いをするか、今になってやっと理解が出来る気がした。想像と現実はこんなにも違っていた。

「嫌だ――」

ぽそりと声がこぼれた。

また傷つくのは嫌だ――相手が亮介だから、なおさら。

自分を落ち着かせようとして吐いた息が震えていた。

――距離を取ろう。

少し離れたところに自らを置いて亮介と付き合おう。それが自分にとって最善の方法に思えた。亮介から好きな子が出来たとある日突然打ち明けられるより、自分から距離を置いておいたほうが、心の痛みや衝撃がいくらかちいさくて済む気がした。今のように完全に寄りかかっている状態なら、どれだけのダメージを受けることになるかわからない。

亮介が恋人と幸せそうにしている姿を間近で見るのはつらいから――自分のために精神的な面でも物理的な面でも距離を置いて、慣らしていかなければ。

どちらにせよ、いつまでも自分の失恋ごっこに亮介を付き合わせてはいられないのだ。充分密接な時間を楽しませてもらった。亮介のそばにいたいと願う気持ちには終わりがない。とはいえこのままずるずる引き延ばしていていいはずがない。

忍の失恋は亮介の誤解で、その上で黙っていたと知ったらいかに亮介といえども怒るかもしれない。騙していたのかと、親切に付け込んだのかと腹を立てても無理はないけれど、きちんと謝れば許してくれる気がする――友達だから。

そしてどんな状況になっても、自分が亮介を思うことは変わりようがなかった。

告白さえしなければ――好きだという思いさえ知られなければ、たとえ今怒りを買っても、すぐに友達として向き合ってくれる日がくるはずだ。愛情は不安定でも、友情は固い。

そもそも恋愛は自分には向いていないのだ。誰かと睦《むつ》みあう自分の姿が、脳裏に思い浮かべられない。ふっと心の奥が痛んだ――普段は痛むことのない、過去の恋の傷。所詮《しょせん》幸せな恋など出来るわけがないのだと、古傷が笑っているようだ。

じわじわと胸が苦しくなっていった。いつの間にか小雨が降り出し、傘を持たない人々が早足で忍の脇を過ぎていく。シャッターが下りた店の前で立ち止まり、忍はぼんやりと携帯に手を伸ばした。

『もしもし？』

家にいるのか、慶舟の声の後ろから水音がする。凜太が食事の片付けをしているのかもしれない。

「今いい？　イチャイチャ中？」

ふざけて訊いた忍に、だったら出ない、と慶舟が堂々と嘯《うそぶ》いた。亮介と一緒じゃないのかと問われ、仕事に行ったと答える。それからひとつ深呼吸をして、忍はゆっくりと口を開いた。

「おれさ、失恋ごっこやめることにした」

忍の唐突な宣言に、慶舟が一瞬言葉に詰まる気配がした。少ししてから、何があった、と静かに返される。

「……慶舟、高校の後輩の白山彩海ちゃんって子知ってる？」

『白山――？』

慶舟が記憶をたどるような呟きを漏らし、ああ、と思い出したのか声をあげた。

『柔道部の子か。女子の部長で、確か高体連で全国まで進んでた』

そんなに強かったんだ、と忍がくしゃっと笑う。

「その彩海ちゃんと、さっき亮介と一緒のときにばったり会ったんだ。なんか彩海ちゃん、亮介のこといいなと思ってるみたいで。だから付き合えばいいんじゃないかと思って」

『――本気か？』

厳しさを含んだ慶舟の問いかけに、忍の息が一瞬詰まる。少し間をおいてから、なんてね、と冗談交じりに返した。

「……それは極端な話だけど。別に彩海ちゃん限定ってわけじゃなくてさ。ただ彩海ちゃんに会って思ったんだよ。亮介もそろそろ誰か――彼女とか作ったほうがいいんじゃないのかなーって」

わざと軽い調子を繕う。

「だからちょっと距離置いてたほうがいいような気がするんだよねー。亮介、いつまでもおれに付き合わせてるわけにもいかないしさ、おれの面倒見てたら一生春なんか来なさそうじゃん？　それはさすがに俺も責任感じるっていうか」

『忍は』

慶舟の険しい声に不意に言葉を遮《さえぎ》られた。

『忍はそれでいいのか』

真剣な語調が耳に刺さる。胸の痛みを覚えながら、いいよ、とゆっくり答えた。

いいわけがない——それは当然慶舟だってわかっているはずだ。

良くはないけれど、いつか近い将来亮介の手を離さなければならない日は必ず来る。

「……しんどいじゃん、彼女といるの見るの」

自分の面倒を見ていたら亮介に彼女が出来ないというのは建前、自分が傷つきたくないから自衛のために距離を置くというのが本音——ぽそりと本音をこぼしたら、電話の向こうから苦しげな吐息が響いた。それを聞いてはっと我に返る。

「——ごめんごめん、なんか今一瞬弱ってた。全然平気、大丈夫」

そう笑って、何か言いかけた慶舟を無視して電話を切った。大きく息を吐く。無意識に握りしめていた拳が震えていた。きつく唇を嚙み締める。

何もかも自分で決めたこと——だから後悔はしないし、するべきじゃない。

それはわかっていて、でも心がこんなに苦しいのはどうしたらいい――？　この苦しさはいつになったら薄れるのだろう――。

ふと空を見上げた。今夜は雲ばかりで星が見えない。

空にまで見放された気分がして、忍は苦笑いして小雨の中を歩き出した。

いっそもっと強く降ってほしい。そうしたら周囲を気にせず泣けるのに――。

胸を襲う痛みに声に出来ない呻きを上げて、忍は夜の道を歩いた。


煙草《たばこ》の匂いがやけに鼻腔《びこう》をくすぐった。店の中は喫煙者の割合が高くて、うっすら白い靄《もや》がかかっている。

「ホント久しぶりだね、忍くん」

カウンターの中からマスターが懐かしげに呼びかけてくれた。

「二、三年ぶり？　みんな寂しがってたよ」

客向けのリップサービスとわかっていても、そんなふうに言われれば嬉しい。ありがとう、と忍は笑顔を見せた。

「慶舟も全然来なくなったしさ。ふたりとも彼氏が出来て、だから来なくなったんじゃないかってウワサしてたんだから」

隣に座る馴染みの常連客にからかわれてひりつく心を、だったらいいんだけどね、と冗談で隠して返す。

ふと時計を見ると、約束の時間まであと五分ほどだった。心臓がとくっと揺れる。亮介と会うのにこんなに緊張したことは今までになかった。

馴染みの客たちと話をしながら、張り詰める心を隠して時が過ぎるのを待つ。まだバーで過ごすには少し時間が早いせいか、開店してまもないゲイバーはそう混雑していなかった。

話があるから会いたいと、亮介に連絡をしたのは数日前のことだ。この前彩海も交えて食事をしてからひと月近く――件《くだん》の体調を崩した社員二人の回復に思いのほかかかり、その分を亮介たちがカバーしなければならなくなった。亮介がやっと一段落ついたころに今度は忍の仕事が忙しくなり、亮介から連絡をもらっても会えない日が続いた。

狙っていたわけではないものの、正直このタイミングでのすれ違いは、忍の感情を整理し、落ち着かせるためにもちょうど良かった。会えば心はますます亮介に引っ張られてしまうから。

それにこれから先、亮介がいない日常に慣れなければいけない。だからこの期間で会えない日々に慣れようとも思った。

けれど、そんな思惑《おもわく》は成功したとは言えなかった。会えない間ただ恋しさが募るだけで、自分がどれほど亮介を好きなのか強く思い知らされる羽目になった。

彩海とのことも気になった。何か進展があっただろうか——連絡を取り合うような関係になっただろうか。それとも誰かほかの女の子からアプローチをされるようなことがあっただろうか——。

そうやっていろいろなことを考えて、けれどだからこそ——思いが深いからこそ、早く決着を付けなければと余計に思わされた。

そして互いの仕事が落ち着き、ちょうどふたりとも明日が休みになった八月最初の金曜の今日、久しぶりに会うことになったのだ。

乾いた唇をビールで湿らせる。自分で決めたことなのに、やけに緊張した。そっと深呼吸をしたとき、いらっしゃいませ、とマスターの声が響いた。ドアを開けたのは予感通りの人物で、どくっと心臓が大きく跳ねた。

亮介はすぐに忍に気付き、カウンターへ近づいてきた。速さを増す鼓動を意識しつつ、軽やかな表情を作り、よう、と忍は手を上げてみせた。

「あれ、きみ忍くんと慶舟くんの友達の——、亮介くん、だった？」

さすが客商売、十年前に訪れただけの人物でも、忍と慶舟の連れとして顔と名前はきちんと記憶に刻まれているらしい。朗らかに笑むマスターに、ご無沙汰してます、と亮介が頭を下げた。気を利《き》かせて常連客が忍の隣のスツールを空けてくれて、亮介がそこに腰を下ろす。

「久しぶりだねえ、元気にしてた？」

マスターが愛想良く話しかける。おかげさまでと亮介は答え、ビールを頼んだ。今日の客たちの中には亮介を知る古参の人物はいないようで、席を譲《ゆず》ってくれた客は忍の恋人だと思ったらしく、やっぱりそうだったんだと言わんばかりのはしゃいだ目配せを忍に寄越してくる。

「仕事どうだ？　落ち着いた？」

その目配せに気付かないふりをして、隣の亮介を見やってやんわりと声をかけた。どうにかな、とまだいくらか疲れが残る面持ちで亮介が頷いた。

「そっちは？」

「うん、残業生活とはとりあえずオサラバ」

茶化した忍の答えに、そうか、と亮介が息をついた。ビールが届き、お疲れ、とちいさく乾杯をしてグラスを口に運ぶ。

こうして亮介がそばにいると、自分の全神経が亮介に集中しているのがわかる。どれほど亮介を好きなのか実感させられる。

このままそばにいたい、一番近い場所にいたい――そんな願いがじわじわとせり上がってくる。

（……駄目だ）

弱い自分を叱る。もう決めたこと――覆《くつがえ》すべきではない。

ひとつ息を吸い込み、ほのかな笑みを繕って忍が切り出した。

「実はさ、今日はちょっと話したいことがあって」

「話？」

ビールを飲みつつ、亮介が訝しげに眉を寄せる。軽く微笑み、忍がちらっと時計に視線を落とす。――そろそろ現れてくれるはずだ。

「亮介、今まで付き合ってくれてありがと。おれ、もう大丈夫だから」

忍がやわらかに告げると、亮介がグラスをカウンターに置いた。それからまっすぐな瞳を投げかけてくる。

「……気持ち、落ち着いたのか」

どことなくいつもより真剣な声が尋ねてきた。その顔をちらっと見て、うん、と忍が頷く。

小声で呟いた亮介の表情は、少し晴れやかにみえた。多分忍の失恋の傷が癒《い》えたことへの友人としての安堵のせい――最後まで騙しっぱなしだと、胸にちりちりと痛みが走る。それを抑え込み、忍が口を開いた。

「そうか――」

「――だからね」

そう言ったとき、見ていたかのようなタイミングで店のドアが開いた。いらっしゃいませと出迎えたマスターの声が常連客向けのもので、忍は誰が来たのか確信しながら振り向いた。

「高勢さん」

想像通りの人物を、忍が満面の笑顔で出迎える。おう、と高勢も人好きのする笑みを浮かべてこちらを見た。新しい顔なじみが出来たのか、客たちと言葉を交わしてカウンターに近づいてくる。お疲れさん、と忍の空いている右側のスツールに腰かけた。

「早かったんだな。マスター、ビールちょうだい。あとつまみ、適当に」

ジャケットを脱ぎ、のんびりと高勢が注文すると、はいはい、とすぐにマスターがビールを用意してくれた。ありがと、と高勢がグラスを受け取る。

「仕事は？　今日のプレゼン無事に終わった？」

朗らかに問いかけた忍に、おかげさまで、と高勢が返す。

「勝利の女神が付いてるんだからな。あ、忍は『女神』じゃあないか」

目を細めて高勢がそう口にして、バカ、と苦笑いした忍が詰《なじ》る。何なんだこの会話は――まなざしで高勢を責めると、これぐらいいいだろ、と楽しげな声が聞こえた気がした。

（――高勢さんに頼みがあるんだ）

亮介との今の関係をやめようと決めたあと、忍は高勢に会った。そして自分が計画した三文芝居に加担してほしいと頼んだのだ――自分と高勢が付き合うことになったと亮介に思わせたい、と。

どうしてそんなことをと驚く高勢に忍はちいさく笑って続けた。

（もういい時期じゃないかなって。だけど亮介優しいから、おれが慶舟に振られて落ち込んでるって、今もまだ信じてるはずで。ちゃんと自分の代わりにおれのこと引き受けてくれるひとがいるって思えない限り、気にしそうだからさ)

そう言ったら、本当にそれでいいのかと確かめられた。

(気持ち、ちゃんと打ち明けなくていいのか。後悔しないのか)

生真面目な瞳で尋ねてくる高勢に、うん、と頷いた。

(……思っていられるだけで幸せだから。それに亮介に彼女が出来ても、友達のままなら今の状態でいられるし。告白して振られたら、やっぱりいくらおれでもさすがに気まずいじゃん?)

へらっと笑って答えた。そんな言葉と態度から高勢は忍の声にならない心の内を読み取ってくれたのか、願いを聞き入れてくれた。

そして今日、亮介を店に呼び出すから来てほしいと頼み、今はこんな一芝居を打っているところだった。自分と忍は住む世界が違うのだと改めて亮介に感じてほしくて、あえて最近は来ていなかったゲイバーを待ち合わせの場所に選んだ。

「——忍さん」

亮介の低い声に、高勢との会話に夢中になっているふりをしていた忍が、あ、とそらぞらしく肩を竦《すく》めた。

「ごめんごめん。改めて紹介するね。高勢誠人《まさと》さん。仕事で三年間東京へ行ってて、この前こっちに戻ってきたんだ」

ここからが勝負だ――自分に強く言い聞かせ、忍が笑みを浮かべて亮介を見た。亮介の表情は硬い。そんなことに気付かない素振《そぶ》りをした高勢が、亮介ににこやかに話しかけた。

「――亮介くんだよね？　忍が仲良くしてもらってるみたいで――、ありがとう」

挨拶を受けても亮介は厳《きび》しい面持ちのまま、返事をしない。

「高勢さん、すごい面白いひとなんだよ。しかも博学で何でも知ってる」

忍が持ち上げると、そんなことないよ、と高勢が楽しげに否定した。

「亮介くんは車が好きなんだって？　東京に越すときに手放したんだけど、札幌に戻ってきたからまた乗ろうかなと思うんだよね。今はどんなのがおすすめ？」

ひょいと高勢が亮介に話を振る。いつもならすぐに食いついてくる車の話題にも亮介はさほど関心を示さず、どんな車種がいいのか、主《おも》に使うのはどんな場面かを事務的に尋ねた。

「そうだなあ、通勤は地下鉄だから、週末のドライブとかがメインかな。基本ふたりが乗れたらいいか。――な？」

忍に同意を求めてくる高勢に、そうだね、と笑みを作って賛成する。

「結局は好みですから。自分が好きなのを選ぶのが一番だと思いますけど」

にべもない返答をした亮介の対応に気を悪くしたふうもなく、それもそうだ、と高勢が高らかに笑った。

「じゃあ何かあったときには亮介くんに助けに来てもらおう」

「——伺いますよ、仕事でしたら」

棘《とげ》を感じさせる返事だった。いつもは誰に対しても、愛想はなくても失礼な態度は取らない亮介がこんな対応をするのは珍しい。最初から高勢にはいい感情を持っていなかったようだ。生理的に受け付けない何かがあるのだろうかと考える忍をよそに、高勢はひとり陽気にあれこれと話を広げた。途中で高勢に目配せされ、忍も無理やりテンションを上げた。

盛り上がらない会話をしばらくしてから、そろそろか、と忍はそっと高勢を見た。高勢が目顔で頷く。落ち着け、上手くやれ——自分に心の中で言い聞かせてから、忍は照れくさそうに亮介を見て切り出した。

「……ところでさ、今日亮介に来てもらったのは、高勢さんのこと話したかったから」

「高勢さんのこと——？」

亮介の顔が険《けわ》しくなる。それに気付かないふりをして、うん、と忍は思いきり明るく微笑んだ。

「本当に今まで付き合ってくれてサンキュ。もう大丈夫。——高勢さんがいるから」

そう言ってちらっと高勢を見る。高勢が鷹揚《おうよう》な態度で亮介に言った。

「忍が元気になるように、一緒に飯行ったり、遊びに行ったりしてくれてたって聞いたよ。ありがとう、迷惑かけただろ。これからは俺が引き受けるから」

そして悠然と笑み、忍の肩に手をかける。ひりつく心を隠し、高勢さん、と忍は高勢に微笑み返した。

「は……？」

亮介が呆然とした呟きを漏らしたのと同時に、え、と先ほど高勢が注文していたつまみの野菜スティックを手にしたマスターもちいさく叫んだ。

「そういうこと――？」

興味深げに、それでも声をひそめてマスターがささやく。

「なんだよ、聞いてたの？」

高勢が笑って責めるのに、聞こえたんだよ、とマスターは首を振った。そんなふたりのやり取りに気付いたほかの客たちも、好奇心混じりのまなざしをこちらに投げてくる。やだなあと苦笑いで応じ、忍はそっと亮介に目を向けた。

亮介の表情は硬い。いきなりで驚いているのだろうかと思いつつ、忍は幸せそうな笑みを繕った。――このまま騙されててくれと、胸の中で亮介に祈りながら。

「高勢くんたら仕事早いよ。戻ってきたと思ったらもう忍くん口説いてたなんて」

何も知らないマスターが呑気に感心する傍らで、はは、と高勢は軽やかに笑って忍の肩を引き寄せた。

「だって忍だよ？　フリーだったのが俺にとっては奇跡だよ」

なに言ってんだよ、と甘ったるい態度で返してから、忍は亮介に向き直った。

「――亮介、だからもう俺のことは心配してくれなくていいから。今まで付き合ってくれてありがとな」

再び笑みを作り、何も言わない亮介に礼を述べた。財布から三人分の札を出し、カウンターに置いて忍が立ち上がる。

「お、もう帰るのかい」

冷やかしじみたまなざしを浮かべるマスターに、忍は肩を竦めて笑った。

「帰るんじゃないけど、おれたちふたりで秘密の場所に行くから。ついて来ないでよ？」

「うわやだ、大人！」

マスターに茶化され、そうですよ、と高勢ものどかに笑う。

亮介の顔を見られないまま店を出た。雑居ビルの通路は、いろいろな店からの音楽や騒ぎ声で喧騒に満ちている。狭い通路を歩き、忍は深く息を吐き出した。

「……ありがと、高勢さん。馬鹿なことに付き合わせてごめん」

忍が詫びると、どう致しまして、と高勢がおだやかに答えてくれた。

「困ったときはお互いさま。俺としては芝居じゃなくてホントの彼氏でもいいんだけどねー」

ふざける高勢に、忍は苦笑いして首を振った。

「高勢さんはおれにはもったいない。ちゃんといいひとに出会えるよ」

本心からの思いで告げた。だといいんだけどねえ、と高勢が息をついて笑った。

「……さて、じゃあそんな素敵な出会いを探しに繰り出してくるか」

そう高勢が言って、エレベーターのボタンを押したときだった。

「――忍さん！」

不意に後ろから声がした。それが誰のものなのか、もちろんわかる――驚き、息を呑んで振り返った。

思った通り、店のドアの前に亮介がいた。きつく眉を寄せ、険しい顔でこちらを見ている。そのままこちらに向かってくるのに気付き、忍は考える間もなく一目散《いちもくさん》に階段に向かい、駆け下り始めた。

「待てよ！」

後ろからかけられる声は無視する。

「おい、いいのか」

一緒に階段を降りながら問いかけてくる高勢にちいさく頷く。どうしてなのかわからないけれど、逃げなければと思った。今ここで亮介に掴まったら何もかもが崩れてしまう気がした。

追いかける足音はどんどん近づいてくる。

「――待て、忍！」

その瞬間、忍の足は止まってしまった。これだけ長い付き合いの中で、亮介に呼び捨てで呼ばれたことは一度もなかった。不覚にも心臓が甘く撥ねて、直後に腕を掴まれた。

「運動部舐《な》めんな」

さほど息も切らさぬ亮介が、忍を睨みつけてくる。心と体を震わせ、忍はそのまなざしを受けた。

どうして追いかけてきたんだろう――やはりあんな一方的な話には納得できなくても無理はないのかもしれない。ただ亮介なら、自分の身勝手さに怒るよりも呆れるほうが強いと思っていたから、こんなふうに憤りをあらわにされるなんて想像していなかった。

（……それだけ頭に来てるってことか）

いくら寛大《かんだい》な亮介とはいえ、さすがに堪忍袋《かんにんぶくろ》の緒が切れても無理はない気がした。これだけ怒らせてしまったなら、友情を続けることも難しいかもしれない。けれどそれも仕方がないことなのだ――騙して、嘘をついて、その上でまだ友達でいたいだなんて、確かに虫の良すぎる話だった。それでも――責められても嫌われても、自分の心の中でひそかに思い続けていることだけは出来る。

覚悟を決めなければ――息をつき、亮介を見上げたときだった。

「行くな」

亮介が短く、けれどきっぱりと命じた。

「え……？」

言葉の意図するところがわからず、忍が眉を寄せて亮介を見る。亮介は忍をきつい目でみつ

め返し、はっきりと口にした。

「好きだ。あんたのことがずっと前から好きだ」

強い響きで放たれた言葉が忍の耳の中で回る。すぐにはそれを理解することが出来なかった。

「好き――？」

ぼんやりと忍がおうむ返しにする。そうだ、と亮介が忍をみつめたまま頷いた。

「ずっと忍さんを見てきた」

その告白が信じられなかった。夢にも思ったことがなかった――亮介が自分を好き？　とても現実とは思えない。頭の中が真っ白になる。

そんな忍から目を逸らさず、亮介は続けた。

「だけど気持ちを伝えるつもりはなかった。忍さんが慶舟のことが好きなのはわかってたから。あんたの恋が上手くいけばいいと思ってた。忍さんが幸せになれるならそれが一番いいって」

「――自己犠牲の精神？」

不意に高勢が話に入り込んできた。その目はからかうようでいて真剣だった。

「そう取られるならそれでいい。好きなひとに幸せになってほしいっていう、ただそれだけの気持ちでしたけど」

揺らぎのない口調で亮介は言い切り、高勢を見る。それなら、と高勢が悠々と返す。

「今回も温かく見守ってくれないかな。忍は俺のことが好きなんだから、俺と幸せになるのを祝ってくれればいいんじゃない？」

笑顔で居丈高《いたけだか》な言葉を吐いた高勢に、だけど、と亮介が強い調子で対峙《たいじ》した。

「やっぱり違うって、やっぱり好きな相手は誰にも譲《ゆず》れないって気が付いたんです、忍さんが慶舟に失恋したってわかったときに。確かに慶舟と幸せになってほしいって思ってたけど、今もし慶舟の付き合った相手が忍さんだったら、本当に俺は祝えたんだろうかってそのときに思って——慶舟が忍さんじゃない相手と付き合ってくれたことにほっとした。だから決めたんです。これからは忍さんが誰を好きになったとしても、もう絶対に譲らないって」

「嘘……」

呆然と忍が声をもらした。小刻みに体が震える。そうそう信じられるはずがなかった。あまりにも予想外の、夢にも思わなかった展開だった。

けれど心はどうしようもなく高ぶっている。信じたいと、信じていいのかと声にならない叫びを上げている。

「忍さんの気持ちが落ち着くまでと思って黙ってた。慶舟を忘れられるまで——、それから伝えようと思ってた。焦《あせ》ったり嫉妬したりしながら、だけど待とうと思ってた」

真剣な面持ちで亮介が告げる言葉が、忍の胸を熱く軋《きし》ませる。

「だけどこうなったら待っていられない。——忍さんが好きだ。十年見てきた。あんたのこれからの時間を——十年の何倍もの時間を俺にください」

力の籠った瞳で亮介が忍に訴えた。忍は体にびりびりと電流が流れた気がした。

「……なんだよいきなり――」

責めたいわけじゃないのに、嬉しいはずなのに、口をついて出たのは棘のある声音だった。ごめんと亮介が謝り、そうじゃない、とその胸を叩く。途端に涙がこぼれてきた。

「だって亮介、男に興味は――、彼女だっていたじゃん……」

「確かに前にいたことはいた――、忍さんに会う前も、知り合ったころも。告白されて、言い方は悪いけど、なんとなく流されて付き合ってた。でも忍さんに会って、違うと思って――、俺が好きなのはこの子じゃない、忍さんだってわかって別れた。それが大学四年のときだ。それからは誰とも付き合ってない」

きっぱりと言った表情に、嘘は少しも感じられなかった。喜びを混乱が覆《おお》い隠《かく》して、忍は呆然と頭を抱えた。そんなに長い間、心も体も自分だけに向けてくれていたのかと、嬉しさと申し訳なさが同じくらいに胸に広がった。それでも亮介のそんな言葉を甘く詰ってしまう。

「なんで――、なんでだよ、全然わかんなかった」

「ごめん。知られたら友達でいられなくなると思ったから」

臆病《おくびょう》な告白を責められなかった。その気持ちは嫌というほどわかる――自分とまったく同じだったから。なんてこんなところが同じなんだと、笑いたいような泣きたいような気持ちになった。

「……もうさ、これでハッピーエンドにしちゃったら？」

ゆるく息をつき、高勢が呟いた。忍と亮介、ふたりで高勢を見る。

「忍もさすがに覚悟決まっただろ。……もう嫌なことは忘れていいんじゃないか？」

やわらかに高勢は微笑んだ。え、と今度は亮介が戸惑う。そんな亮介の肩を高勢がポンと叩く。

「ご期待に沿えなくて申し訳ないし、俺としても非常に残念なんだけど、俺と忍は付き合ってないよ」

「……どういう――」

当惑しているらしい亮介に、さあね、と高勢が肩を竦める。それから忍に向き直った。

「ちゃんと説明してやれよ。俺の出番はここまで」

軽やかに言い切り、それじゃあな、と階段を降りていく。

「――高勢さん！」

忍が慌ててその背中を呼び止めた。振り向いた顔をじっとみつめる。

「ごめん、……本当にありがとう」

「どう致しまして。――ああ、それと還暦婚は無理そうだな」

高勢はぽそりとひとりごちるように言って、楽しげに手を振った。

その姿が見えなくなると、忍はひとつ息を吐いた。それからゆっくりと後ろを向く。……大好きなひとの姿が見えた。それだけでまた涙がこみ上げてきそうになって、奥歯をぐっと噛み締めた。そんな忍をみつめ、亮介が口を開いた。

「――どういうことか訊いてもいいか?」

まだ困惑が滲《にじ》む面差しを見て、うん、と忍は頷いた。

「……亮介に謝らなきゃならないことがある。亮介を騙してた。おれは慶舟に失恋してない。慶舟のことを恋愛対象として見たことはない」

「え――」

亮介がきつく眉を寄せた。状況がまるで把握《はあく》できないと顔に書いてある。もう一度深呼吸をして、忍は続けた。

「春に亮介に言われて、はじめは本当にびっくりした。どうしておれが慶舟を好きになるんだって」

だけど、と忍が言葉を区切って、自分を落ち着かせるように息を吐く。

「亮介がそう思ってるなら、そう思っててもらおうと思った。本当にごめん。騙してるってわかってて、そんなの駄目だってもちろんわかってて、それでも亮介の優しさを利用した。……おれが失恋したって思って、それで亮介がおれに同情してそばにいてくれたら嬉しいって思ったから。それにおれが慶舟を好きだって思ってくれてたら、おれの本当の気持ちに気付かれないで済むと思ったから」

「……、それって——」

低く亮介が呟く。うん、と忍は頷いた。

「亮介が好きだった……、ずっと前から」

そう告げた途端抱き締められ、くちづけられた。忍が目を見開く。初めての亮介とのキス——心臓が飛び上がりそうになる。唇はすぐに離れ、代わりに亮介の真剣なまなざしを注がれた。

「……今も好きってことでいいんだよな？　高勢さんは関係ないってことで」

亮介の声がかすかに震えている気がした。そっと体を離し、忍は亮介を見た。

「高勢さんにはおれの芝居に付き合ってもらったんだ」

「芝居って……、さっきの？　なんのために」

訝しげに尋ねた亮介に、忍はぎこちなく事情を打ち明けた。

「亮介の手を離さなきゃって思ったから——、一緒にいられるのは幸せだけど、いつまでもそれが続くものじゃないってわかってたし。亮介はいずれ女の子と普通に付き合って、普通に結婚して、普通に幸せになって——、おれに付き合ってふらふらして、その時期逃したら困るし、それに何より亮介が幸せになったとき自分が傷つくのも嫌だった。だから距離を置こうって……、離れたところから好きでいるのは、友達の顔して好きでいるのは許されるかなって——」

上手く話せる自信はなかったけれど、時折言葉に詰まりつつ胸のうちを伝えた。じっと忍から目を逸らさずに話を聞いていた亮介が、やがて口を開いた。

「白山に会ったから？」

静かな声で訊かれ、忍がゆるく首肯する。

「……あの日忍さんと別れてから白山に、また会いたいから連絡先を教えてほしいって言われた。さすがに鈍い俺でももしかしてって思って、好きな子がいるからって断った。白山、そうなんですかって納得してくれた」

その話を聞いて、胸の痛み以上に安堵を覚えてしまった自分はひどい人間なのだろう。それでも――彩海に申し訳ないと思いながらも、亮介が断ってくれたことが本当に嬉しかった。

「俺は忍さんが好きだから、彼女を作ることも結婚することも考えてない。おれにとっての『普通の幸せ』っていうのは、忍さんといられることだ」

きっぱりと亮介が言い切る。

「だから俺といてほしい。俺を忍さんの一生の相手にしてほしい」

その力強い宣言が忍の胸を震わせ、信じられないほどの喜びを与えた。けれど心の奥底に、いつまでも消せない傷がある。

「……おれ、恋愛って怖いんだよ」

無理に笑みを作り、歯切れ悪く切り出した。

「高校のときにストレートの同級生にひどい振られかたして、かなりボロボロになった。だからまた同じようなことになったらって……、もう恋はしないって決めてた」

「怖いのか?」

労わるように問いかけられ、忍がちいさく頷いた。亮介のまなざしが忍の顔を覗きこんできた。

「俺はそいつと似てる? あんたを傷つけそうな男だと思う?」

真顔でみつめられ、いや、と首を振る。池原と亮介はまるで似ていない。亮介は何があっても他人を陥《おとし》れるような人間じゃない。それなのに恋愛が怖いのは、あの日の痛みと恐れが全身に刻み込まれてしまったからだろう。

「大丈夫だ――俺を信じろ」

慈しむような瞳を亮介が投げかけてくる。その視線を惑い混じりに受け止め、忍は重い口を開いた。

「亮介と上手くいかなくて別れるようなことになったら……、そしたらおれ、そのとき自分がどうなるか――、もう傷つきたくないし、それに亮介相手につらい思いは絶対したくない」

訥々と呟いた忍を、亮介が優しく抱き締めてきた。上手くいかないわけがあるか、と亮介が吐き捨てるように言う。その瞳は口調とは裏腹にひどく優しい。

「十年以上友達としてやってきて、ちゃんと続いてるだろ? 恋人になったって大丈夫だ。それに俺は絶対にあんたを傷つけない。忍さんのためでもあるし、俺のためでもある」

「亮介の——？」

どういうことかと首を傾げると、亮介がやわらかく笑った。

「誰であろうと忍を泣かせる奴は許さないって、前に慶舟が言ってたんだよ。俺は大事な友達を失くしたくないし、好きなひとを泣かせたくもない。忍さんにはいつだって笑っててほしい」

知らずにいた思いをふたつ聞き、胸がじんと熱くなった。涙がこぼれてきそうになる。

そんなふうに自分を思ってくれていたのか——日頃明かされることのない慶舟と亮介、それぞれの思いに胸が熱くなった。

冷たいようでいて温かい心を持つ慶舟に感謝が湧き上がる。慶舟が自分のそばにいてくれて良かった——これからもずっとかけがえのない友人でいてほしい。

そして絶対に傷つけないと、泣かせないと言ってくれる亮介の気持ちが忍の心を強くした。もう怖がることはないのかもしれない——亮介となら。今はまだ消えない心の傷も、亮介がそばにいてくれたら、いつかどこにあったのかわからなくなる日がくるんじゃないのか。

亮介が隣にいてくれたら、きっと自分はいつだって前を向いていられる。亮介のあらゆることへの揺るぎなさが、自分の支えになる気がした。

「……慶舟にそう言われて嬉しい？」

言葉が出ないのは、慶舟への感謝で胸がいっぱいになっているためだと深読みしたのか、それともおかしな嫉妬なのか、亮介がどことなく尖った調子で尋ねてきた。なんとなくそれがくすぐったくて、うん、とわざと笑って頷いた。

「……あのな、俺は慶舟のことは大事だけど、そう心が広いほうじゃない」

口元に手を当て、亮介がどことなく不機嫌そうに顔をしかめて呟いた。

「あんたが慶舟のことを好きなんじゃないかと思ってたから、勝手にあいつに嫉妬してたし。あいつが凜太と付き合い出してからあんたが慶舟の話をしないのも、まだ好きだからじゃないか、わざと避けてるんじゃないかって勘ぐってた。それにもちろん高勢さんのことも」

開き直ったのか、くさくさと亮介が続ける。

「最初にカフェで会ったときから、なんとなく危険な感じがしてたんだよ。このひと忍さんに気があるんじゃないかって。仕事帰りに雑誌を忍さん家に届けに行って留守だったときも、もしかしてって焦ってイライラした。だけどあんたが来てくれて、馬鹿みたいに舞い上がって……、でも高勢さんと付き合うって聞かされて、足元から力が抜けて――、馬鹿みたいに天と地を行ったり来たりだよ。――なあ、高勢さんって、ああは言ってたけど本当は忍さんのこと好きなんじゃないのか？　還暦婚がどうとか聞こえたけどあれ何？」

こんなところで妙な鋭さを発揮《はっき》した亮介に苦笑いして、忍が事情を打ち明ける。

「年を取ってお互いひとりだったら身を寄せ合おうみたいな話を高勢さんが冗談半分でしてたんだよ。……だけど高勢さんは、おれが亮介のこと好きだってちゃんとわかってくれてるから。本当に高勢さんにはいろんな意味で感謝してる」

気持ちを込めて伝えた言葉を、どうやら亮介はそのまま受け取ってくれたらしい。ああ、とちょっときまり悪げに呟いた。

「……今日のことは俺も有り難いと思ってる」

それが亮介なりの精一杯の感謝の態度なのだろう。なんだか亮介が可愛く見えて、忍がちいさく笑う。

「ところで亮介ってさ、いつからおれのこと好きになってくれてたの？　全然気付かなかった」

さっきちらっと聞いたけれど、改めて知りたい。気恥ずかしさを覚えながらそろそろと尋ねると、亮介が照れくさそうに忍に目を向けてきた。

「――覚えてないだろうけど、会ったばかりのころ、あの店のトイレで忍さんが泣いてたことがあって。その泣き顔がなんかやけに綺麗で心に引っ掛かって、それから意識するようになって――男なんだけどなって思ったけど、どうしてなのか自分の気持ちに全然違和感がなかった。男でも女でも関係なく好きになる気持ちって、こういうことなんだってわかった」

大切そうに打ち明けてくれた亮介を、忍は呆然とみつめた。

「なに？」

訝しげに問われ、いや、と忍も白状する。

「……おれが亮介のこと意識し出したのもそのとき」

「え」

さすがに亮介が驚いたような声を上げた。ふたりで目を合わせ、吹き出した。

「――なんだよ、俺たち十年以上も何やってたんだか……」

苦笑いする亮介と一緒に、ホントだよ、と忍も笑った。

それでもこの遠回りは自分たちには必要だったのだと思いたい。無駄な時間は一秒だってなかったのだと。友達としての亮介との時間も、本当に最高のものだった。恋人としての時間はきっともっと素晴らしいものになる――そうなるように努力する。

「……ところでさ、しつこいようだけど、凜ちゃんのこと、本当になんとも思ってなかった?」

前に聞いたときに結局聞けなかったことが、やはり気になって喉をついて出た。ああ、と亮介が頷く。

「あれは忍さんと慶舟が上手くいくようにって――、凜太の気持ちも慶舟の気持ちも知らなかったから、凜太があの家にいないほうが忍さんは慶舟と一緒に過ごせるだろうと思って」

「なんだそれ――」

――亮介の優しすぎる優しさに泣きたくなる。そんなことまで考えて――自分の気持ちを押し殺してまで、忍の幸せをそれほどに考えてくれていたなんて。

「……なあ、もう絶対おれを誰かに譲ろうなんて思わないでよ」

逞《たくま》しい体にぎゅっとしがみつき、忍が訴えた。亮介が力強く抱き締め返してくれる。

「誰に譲れって言われたって無理だ」

亮介の真剣な声音が耳元で響いた。

「絶対に渡せない――、誰にもやれない」

そうささやいた唇が、忍の唇に重ねられた。一瞬触れて、すぐに離れ、そしてまたくちづける。

「ん……っ」

ふさがれた自分の唇から甘い声がこぼれ落ちた。亮介の舌が入り込んできて、忍の舌と絡まり合う。やがて大きなてのひらが喉元を探り、ネクタイを解《ほど》こうとノットに指をかけてきた。

その瞬間、忍がはっと我に返った。

「――ここじゃこれ以上は駄目」

ささやき、亮介の口をてのひらで押さえる。

今まで誰も通らなかったのが奇跡のようだ。いくらゲイバーばかりが集まるビルとはいえ、公共の場所でおかしなことは出来なかった。過去に痛い傷を負っている身としては、カミングアウトしている自分はともかく、亮介の立場を一番に考えなければいけない。

「俺は誰に見られてもいいけど。むしろこのひとが俺の恋人ですって見せて回りたい」

堂々と言ってのけた言葉は強がりなのか本気なのかわからない。それでもそう言ってもらえたことだけでも嬉しい。

「……好き。本当に、どうしていいのかわからないくらい好き」

あふれる思いのまま呟いた忍に、亮介がわずかに腹立たしそうな表情を向けてくる。

「ここじゃこれ以上駄目って言っといて、そんなこと言われたらどうすればいいんだよ」

かすかに顔を赤くして責められ、忍は苦笑いした。

「ごめん、そんなつもりじゃなかったんだけど」

「本当にあんたってひとは——」

眉を寄せて亮介が忍を甘く睨む。

「可愛すぎてどうしたらいいのかわかんねえよ」

いつもの亮介とは思えない糖度の高い言葉に、忍は当惑して額を押さえた。

「……とりあえず場所移ろう」

そう言い、亮介の腕を軽く引く。

「移るってどこに」

「……すぐそばにホテルあるから」

今さら純情ぶっているわけではないものの、頬が熱くなる。そう言った途端、亮介が足を速めた。

「行くぞ」

「ちょ……、転ぶってば」

「じゃあ抱えて行くか？」

「それはさすがに恥ずかしい」

笑って抗議しながら、結局ふたりとも走って雑居ビル近くのホテルに入った。

当然男同士でラブホテルに入るのは亮介には初めてのはずで、それなのにこんなにためらいなく誘ってしまって良かったのかと、チェックインを済ませて部屋に入ってから忍の胸にじわじわと躊躇《ちゅうちょ》が湧き上がり始めた。

男としか経験がない自分とは真逆で、亮介は女性としか経験がないのだ。勢いでここまで来てしまったものの、まだ気持ちに体が追いついていないんじゃないか――そもそもついさっき思いが通じ合ったばかりなのに、この展開は早すぎるんじゃないか――亮介にもう少し、いろいろな意味での猶予を渡したほうが良かったんじゃないか――？　あれこれ考えていたら、忍さん、と背中から呼びかけられた。

「――俺は絶対後悔しないから。忍さんにもさせない。……だから心配するな」

忍の不安やためらいを感じ取ったのか、そんな気持ちごと包むように、背中から優しく抱き締め、ささやきかけてくる。――不思議だった。亮介の言葉が忍の心をおだやかになだめていく。

「うん――」

後ろから回された腕にそっと触れ、忍が頷く。

この先悩むことや苦しむこともきっとあるだろう。たとえば亮介の家族への申し訳なさやうしろめたさ。身勝手だとわかっていてもこの思いを捨てられない以上、そういった痛みを受け入れるしかない。そして亮介が一緒なら、どんなことでも乗り越えられるという確信がある。

振り返り、唇を重ねる。そのまま亮介の手が忍の服を脱がせ始め、はっとして忍がその手を止めた。

「ちょっと待った、シャワー」

忍の制止に亮介が軽く眉を寄せた。

「悪い、汗くさいか？」

そう問いかける表情は働く男の色香があふれていて、忍の心を痺《しび》れさせた。どぎまぎする胸を押さえて言葉を続ける。

「そうじゃなくて、……ただなんていうか、マナー的な感覚っていうか」

「それならいい」

あっさり言い切り、亮介が忍のネクタイを解く。

「や、ちょっと待った」

忍だって、いつも体を清めてからベッドに行っていたわけではない。それでもつい引き止めてしまっているのは、自分の心の準備が出来ていないせいだ。まさか亮介とこんな行為をする関係になるだなんて、夢見てはいても、現実になると思ったことはなかったから。

そんな忍を、待てない、と亮介が強い調子で突っぱねた。

「それとも初めてのセックスを風呂場でする？　悪いけど俺、上がるまで本当に待てないから」

不遜なほど堂々と言い放った亮介から、これまで感じたことのない雄《オス》の匂いが漂ってくる。それに胸を鷲掴みにされながら、そんな自分を隠すように軽口をたたいた。

「なんだよ、がっついてんの？」

茶化した忍に、亮介が呆れたようなまなざしを投げかけてくる。

「がっつくだろう普通。ずっと好きだった相手とやっと思いが通じ合ってホテルに来て、この状況でがっつかないほうがおかしい」

責めるような言葉は確かに正しくて、気恥ずかしさで混ぜっ返した忍は自らを反省した。いつだって亮介は、真摯に自分の思いに向き合ってくれている。

「風呂場、ベッド、どっち？」

だから忍もそんな問いかけに、恥ずかしさを隠して、ベッド、と素直に答えた。ん、と亮介が満足そうに微笑んで忍を抱え上げ、ベッドに運んだ。

キスをしつつ亮介は忍の服を脱がせてくる。羞恥を感じる間もない早さで忍の体を剝《む》き出《だ》しにして、手早く自分の衣服も取り払う。

薄っぺらいだけの忍の体とは違い、亮介の体はしっかりしたと筋肉に覆われ、とても美しかった。一緒に温泉や海に行ったことがなかったから、亮介の裸を見るのも、自分の裸を見られるのも初めてで、緊張と興奮が全身を駆け巡る。自分の体に別段コンプレックスを感じたことはなかったけれど、亮介の彫像のような体を前にしたら急に恥ずかしくなってしまって、忍はそろりとシーツを手繰《たぐ》り寄せて体にかけた。

「寒い？　クーラー消すか？」

見当違いの優しい気遣いをくれた亮介に首を振って目を向ける。すぐ手の届くところに亮介の体があった。

「……触っていい？」

おずおずと尋ねると、もちろん、と亮介が頷く。忍はそっと手を伸ばし、なめらかな肌に触れた。

「今までこの体に触れなかったのが悔しい――、でもこれからはいくらでも触れるんだよな」

気持ちを伝え合ったから――お互いの勇気のおかげで今こうしていられる。忍は亮介の首に腕を回し、抱き寄せた。

「……ありがとう、亮介」

そう呟いた途端、熱いくちづけが降り注いできた。そのまま唇が喉を辿《たど》り、胸元に降りてくる。

「――ごめん、平たくて」

思わず詫びた忍に、亮介が慈しむような瞳で、当たり前だろ、と返してきた。

「男の体だろうと女の体だろうとどっちでもいい。あんたの体なら、俺はそれでいいんだ。忍さんが引け目なんか感じる必要はない」

揺らぎのない調子で言われて、忍の胸が熱くなる。同時に過去の痛みがふっと消えていく気がした。

「……どうしよう」

きつく抱き付き、吐息混じりに声にする。何が、と亮介が笑う気配がした。

本当に良かった――このひとに出会えて、このひとを好きになって、このひとに愛してもらえて本当に良かった。亮介とめぐり会えたことで、自分がゲイとして生まれたことに対して、初めて自分の中で意味が見出《みいだ》せた気がする。

「……舐めさせて」

すでにそそり立っている亮介の性器に触れて忍が訴えると、ん、と亮介が頷いて体をずらす。

「忍さんのも」

甘い誘いが嬉しくないわけがなかったけれど、忍は首を横に振った。

「ごめん、今はおれだけにさせて」

その願いを亮介は聞き入れてくれた。先は長いし、と忍の心を甘ったるく震わせるひとことを添えて。

ベッドに腰かけた亮介の足の間に膝をついて座り、逞しい幹にそっと舌を這わせる。ぴくっとそこが震えて、硬さと太さを増した。

今まで誰にしたときよりも興奮している。そして池原に命じられてしようとしたあの行為が、やっと完全に記憶から消し去れるような気がした。

池原のことは確かに好きだった。だけど今、亮介に対する気持ちは好きという言葉だけでは表せない。単なる恋愛感情を越えて、このひとなしでは生きていられないと思うような、まるで自分のすべてになっているような感覚。

「どうした？」

少し慌てたような声を亮介にかけられて、忍は自分が泣いていることに初めて気が付いた。

「――大丈夫」

てのひらで涙を拭い、微笑んで首を振る。

「自分でもわかんないんだけど、すごく幸せで……、幸せすぎて」

「――あんたは可愛すぎる」

亮介が怒ったように呟き、忍の涙を指先で掬《すく》い取《と》る。

「どうすんだ……、一回くらいじゃ治まりつかないぞこれ」

忍の心を和らげようとしてか、からかい混じりにそう言った亮介に、うん、と忍は頷く。

「何回でもして。亮介が飽《あ》きるまでずっとして」

「あんたってひとは……っ」

たまりかねたように亮介が忍の腕を強引に引き、自分の体を跨《また》ぐようにして座らせる。自分の指を舐《な》め、忍の窄《すぼ》まりをほぐし始めた亮介を、いいから、と忍が止めた。

「もう入れて。亮介が欲しい、亮介に思いきり穿《うが》たれたい」

そう言った直後に短い舌打ちが聞こえ、ぐっと押し入ってこられた。

「あ――っ！」

わかっていても思わず声が上がる。大丈夫かと引こうとした亮介の体に忍はしがみついた。

「平気だから続けて……、このままもっとおれの中に来て」

涙混じりの懇願《こんがん》に、亮介が熱いキスで応えてくれる。亮介が慎重《しんちょう》に、けれど確実に身を進め、やがて忍の奥深くまで入り切った。

「ん――」

痛み以上にひとつになれた充足感で、忍が淡い息を漏らす。亮介がたまりかねたようにきつく忍を抱き締め、ゆっくりと腰を動かし、忍も無意識に身をくねらせていた。もっと欲しくて、もっとひとつになりたくて、ぎゅっと体に力を込める。

「ふ――っ」

甘さと苦さが混ざり合った吐息が亮介の喉からこぼれた。

ときに激しく、ときに甘く揺さぶられ、そして忍の性器も亮介の手で刺激され、すぐに限界が訪れそうになる。十年ぶりのセックスだという亮介にとにかく気持ち良くなってほしかったのに、自分に与えられる快感が大きすぎて、亮介のために何もしてやることができない。

「どうしよ、もう……」

耳元でささやいた忍に、俺もだ、と亮介が答える。

「あ――っ」

堪えようとしても、耐えがたい快楽を受けて喘《あえ》ぎがあふれてしまう。

まもなくふたり同時に達し、忍は亮介の肩先に額をつけて荒い息を吐いた。

今まで誰と寝たときにも――池原と体を重ねたときにも感じたことがなかった快楽が、心と体、どちらにも広がっている。これが愛の力なんだろうか――誰よりも愛しいと思うからなんだろうか。

「……なんだろ、この幸せな感じ――」

亮介にやわらかく抱き締められながら、忍はぽそりと呟いた。

「――体だけじゃなくて、心もいっちゃった、みたいな」

「わかる。俺も同じだ」

亮介が破顔して同意を示した。

「こんなに満たされてるのは初めてだ。……好きだ」

そうささやいて、忍の汗ばんだこめかみにくちづけをくれる。うん、と泣きたい気分で亮介の背中に腕を回す。

亮介に出会えたことは、間違いなく人生で最大の幸せ。そのひとに愛してもらえることは、人生で最大の喜び。

この幸福を一生手放さないためなら、どんなことだってする。

だから一緒にいさせてほしい――誰よりも愛するひとと。

「好き……、好き」

ありったけの思いを込めて言葉にした。それと同時に、忍の体の中に入ったままの亮介の性器がまた大きさと硬さを増したのがわかる。

「わ」

思わず声を上げた忍の体を、つながったまま亮介がベッドに倒す。

「何回でもしていいって許可はもらってるからな」

悪戯めいた目を忍に向け、亮介が再び腰を動かし出す。濡れた音が部屋にみだらに響き、忍はじわりと頬を熱くした。

「そんな簡単に終わるわけがないだろ、何年好きだと思ってる」

笑い混じりに耳元でささやいてくる恋人に、おれだって同じだけど、と忍も笑って言い返す。

「……あのさ、本当にこの十年誰ともしてなかったの？」

先程から気になっていたことをそろそろと訊くと、ああ、と亮介がすんなり肯定した。

「いや、おれが言うのもおかしいけど、よく我慢できたっていうか――、すごいよな」

つい欲望に走ってしまっていた過去の自分を反省しながら呟いた忍を亮介が見やる。

「そう？　頭の中ではあんたのこと、ドロドロのグチャグチャにしてたけど」

平然とした顔で言ってのけた亮介を見上げる自分の顔が熱くなるのがわかる。

「だから覚悟しておいて」

涼しげに宣言した亮介に笑い、了解、とこそばゆさを感じつつ返事をした。

「けど明日起きれるかな」

「大丈夫、ちゃんと抱えて帰るから」

それは恥ずかしい、と苦笑いした忍の胸の突起を亮介が甘噛みする。ん、と甘やかな刺激に忍は軽く眉を寄せた。

「……忍さん、明日用事ある？」

心持ち掠《かす》れた声で訊かれ、何も、と首を振ると、じゃあ、と亮介が続けた。

「デートしよう。俺かあんたの部屋で」

「……フケンゼーン」

どんなことになるのか簡単に予想がつく。茶化すように返したら、駄目か、とぬけぬけと尋ねられた。その顔を見上げて忍がそっと口を開く。

「――不健全デート、賛成。……十年分、いっぱいしよ？」

そう答えると、亮介がたまりかねたようにキスをしてきた。

どうしようもないほどの幸福を感じつつ、忍は自分の心と体を揺さぶる亮介にしがみついた。

夏の終わりの夕陽に照らされて、ふたつの影がアスファルトに伸びる。

「わー、やっぱりなんか緊張する」

じたばたしつつ喚《わめ》く忍に、亮介が意外そうなまなざしを投げかけた。

「忍さんでも緊張することがあるのか」

「そりゃ俺だって人間だもん、緊張ぐらいしますよ」

忍が大仰に眉を寄せ、知らなかった、と亮介から空とぼけた返事が戻ってくる。ひどいと甘ったれて責めながらも、こんな些細《ささい》なやり取りが幸せで幸せでたまらなかった。

思いを通じ合わせてひと月、仕事を終えた亮介と落ち合って慶舟の家に行く途中だ。

慶舟には電話で感謝とともに話の顚末《てんまつ》を伝えてあった。そうかと慶舟は電話口でほっとしたような吐息を漏らし、祝ってやるからふたりで来いと居丈高に誘ってきて、それぞれ盆休みの帰省を済ませて一段落した今日、慶舟のところで飲むことになった。慶舟と凜太は餃子と春巻と焼売を用意してくれているはずだ。

あらかじめ報告してはいても、いざ会って話すとなるとなんとも言えない気恥ずかしさが体中を渦巻いている。お互い中学生じゃないし、今さらふざけて冷やかしたり照れたりするような年ではないとわかっているけれど。

「――大丈夫」

不意に落ち着いた声がそう言ったので、忍がふっと顔を向けた。

「俺がいるから」

やわらかでいて力に満ちたささやきに、胸が熱くなる。いつでも亮介が隣にいてくれる――今までとは違う立場で。それがとてつもなく心強く、忍に勇気をくれる。

「……見せつけちゃおっか」

にやっと笑って忍が言うと、亮介はちょっと驚いたように目を見開いた。それから、もったいない、と真顔で呟いて忍の耳元で甘く笑った。

会いに行ったら駄目ですか

Aini Ittara Damedesuka

「お、そわそわしてる」

秋晴れの空の下、からかうような富岡《とみおか》の声に、凜太《りんた》がふと目を向けた。

「……、そわそわしてた？」

内心どぎまぎしながら自分を指さして訊《き》くと、してた、と富岡が大きく頷く。思わず顔をてのひらで押さえた凜太を見やり、富岡が楽しげに呟いた。

「いいじゃんいいじゃん、なんか新鮮」

「新鮮？」

思いがけない言葉を鸚鵡《おうむ》返しにしたら、にやにやした笑いを浮かべられた。

「凜太も女の花園だとやっぱ落ち着かないんだなって思ってさ。女子大入るの初めてだもんな。オレだって同じだよ、気持ちわかるわ」

「や、あの」

ちょっとばつの悪い思いで否定しかけた凜太を、いいんだって、と富岡が訳知り顔で制した。本当にそういうことじゃないのだけれど、真実を口にすることも出来ない。仲間仲間と気を良くする富岡に若干《じゃっかん》後ろめたさを覚えつつ、凜太はとりあえず笑みを繕《つくろ》った。

今凜太と富岡がいるのは自分たちが通う大学ではなく、市内にある英蘭《えいらん》女子大の正門前だ。今日は大学祭の一般公開日で、この春から英蘭に通い始めた富岡の恋人のちなみを待っている。英蘭生以外も大勢いるとはいえ、クラシカルな雰囲気《ふんいき》が漂《ただよ》う構内は、門前から見ているだけでもやはり女性の姿が目立つ。そんな女性たちのせいで凛太の気がそぞろになっていると富岡は思っているようだ。

――落ち着かないのは確かだ。でも原因が違う。凛太がこんな状態になっているのは、ここが慶舟《けいしゅう》の勤務先だからだった。

(落ち着け、落ち着け――)

そっと深呼吸をしてそわつく心を落ち着かせようとしたものの、なかなか効果は表れそうにない。

恋人の職場だと思うと――そしてもしかしたら慶舟に会えるかもしれないと思うと、なんとも言えない甘い緊張感に全身が包まれる。

富岡から英蘭の大学祭に行かないかと誘われたのは、数日前のことだ。その話を伝えると、夕刊を読んでいた慶舟がすっと眼鏡《めがね》を押し上げて凛太を見た。

(英蘭祭に?)

(うん。……行ってもいい?)

相手のテリトリーに勝手に踏み込むようなことはしてはいけない気がして伺《うかが》いを立てたら、どうぞ、と慶舟は拍子抜けするほどあっさりと認めてくれた。

(ただし油断するなよ、案外女子も肉食だから)

食われませんと真っ赤になって返したあとで慶舟に美味《おい》しくいただかれてしまったことは、

当然自分たちしか知らない秘密だ。

　ふたりのつながりが、叔父《おじ》と甥《おい》から恋人に変わってもうじき一年になる。自分たちの本当の関係は今も忍《しのぶ》と亮介《りょうすけ》以外知らない。秘めた恋は、家族や友人たちに後ろめたさはありつつも、それを凌《しの》ぐくらいに幸せで、毎日が満たされていた。

「あ、ちーちゃん！」

　不意に富岡が弾《はず》んだ声を上げ、ぶんぶんと手を振った。ちなみが向こうから小走りにやって来る。

「ごめんね、待った？」

　息を切らせて現れたちなみをみつめ、全然、と富岡が満面の笑みで答えた。富岡は一歳下の恋人に相変わらず夢中で、そんな富岡の姿を見ると、慶舟のそばにいるときの自分も同じような感じなのだろうと、どうにもこそばゆくなる。

　ちなみは英文学科の学生ではないが、慶舟のことは知っている。学部数が少なく、小規模な大学ということを差し引いても、慶舟は学内で知らない学生がいないほど有名な存在らしく、今年のゴールデンウイーク明け、初めて富岡と三人で食事をしたとき、凜太が慶舟の甥だと知ったちなみはものすごく驚いて、「羨《うらや》ましい」を連発していた——富岡の顔色が淀《よど》むほど。

「ごめん、なんかデートの邪魔しちゃって」

　からかい混じりに挨拶《あいさつ》をした凜太を見やり、そんなことないです、とちなみが照れたように首を振った。

「誘ったのはこっちなんですから。お祭りは人数多いほうが盛り上がりますよ」

ちなみが気恥ずかしげに言い、とりあえず校内から見て回ろうと提案してきた。男ふたりは素直に従うことにして、花壇《かだん》が広がる前庭を通って玄関へと歩き出した。

瀟洒《しょうしゃ》な造りの校舎を見上げ、凜太はちいさく息を吸った。

(この中に慶舟さんがいるんだよな――)

今日も慶舟は大学に来ていて、連絡をくれれば顔を見に行くと朝も出がけに言ってくれたものの、いくら講義がない日とはいえ、相手の仕事場だと思うと携帯に手を伸ばすのはためらわれたし、講師室の場所を教わってはいても、部外者の自分がのこのこ訪ねて行くのはやはり気が引けた。

ばったり会えたりしないだろうかと、それでもひそかに抱《いだ》いていた期待は、校舎の中に入った途端にあっさり打ち砕《くだ》かれた。学内は大勢の人で賑《にぎ》わっていて、約束せずに会いたいひとに会えるような状況ではなかったからだ。考えの甘い自分に心の中で失笑した凜太に、富岡がひょいと顔を近づけてきた。

「別に甘い匂いとかしないのな」

こっそりささやかれ、だな、と凜太が笑う。

昨日の学内公開で自分の受け持ち仕事をすべて終えたちなみは今日は何もすることはなくて、

楽しむ気満々らしい。あれが食べたい、これが見たいとはしゃいでいる。

勝手がわからない他大学でちなみに促《うなが》されるまま回っている途中で、ちなみの友人たちに出くわした。彼女たちは富岡とも面識があるらしく、そんな中に自分が入るのも悪い気がして、凜太は挨拶だけしてとりあえずトイレに向かった。

賑わい続ける廊下を歩いていたら、いないね、と不意に後ろから声が聞こえてきた。ふっと凜太が視線を向けると、凜太の後ろを数人の女子たちが残念そうに歩いていた。

「やっぱり今日来てないいんじゃない？」

「ううん、いるよ。私さっき見たんだもん」

ムキになって反論する女子に、ねえねえ、と別の女子が呑気《のんき》に呼びかけた。

「そんなにカッコいいの、その北邑《きたむら》先生って」

その名が耳に入った瞬間、凜太の肩がビクッと跳ねた。

（慶舟さん――？）

心臓が早鐘《はやがね》を打ち、全身がかっと熱くなった。そんな凜太の後ろで彼女たちの会話が続いている。

「だから何度も言ってるじゃん、ホントにめちゃくちゃ素敵なんだって！」

ひとりが力説し、そうだよ、とほかの女子たちも口をそろえる。

「見た目も最高だし、声もいいし、クールな感じだし」

「授業の題材は難しいし、評価も鬼だけど、でもどんなに難しいものでも、ちゃんとわかるように教えてくれるんだよ。質問に行けばすごく丁寧《ていねい》に見てくれるし」

どうやらひとりが外部の人間で、本当にそんなに格好いい講師がいるのかと半信半疑でいるその彼女に、友人の英蘭生たちが慶舟の良さを訴《うった》えているところらしい。実物を見せたいのに会えず、相当なもどかしさを抱《かか》えているのがひしひしと伝わってくる。

「本当にそんな先生いるのー？」

けらけらと笑う彼女に、いるの、と仲間たちが強く返して凜太を追い越していった。

（……びっくりした——）

胸元に手を当て、凜太がそっとちいさな息をこぼす。心臓はまだせわしない。

確かに英蘭の校舎の中にいるのだから、慶舟の話題が聞こえてきても不思議はない。それでも不意打ちのことにはやはり驚いてしまう。

単純に嬉しいし、誇《ほこ》らしい。慶舟が学生たちに慕《した》われていることも、自分がそのひとと付き合っているのだということも。体中がふわふわ浮き立ってくる。

そして会いたさが余計に募《つの》る——慶舟への恋しさがじわじわと大きくなっていく。この建物のどこかに慶舟がいる、そう思うだけで鼓動《こどう》が一層速くなった。いつも家で顔を合わせているのに——この焦《こ》がれる感じは、新聞配達をしていた頃に似ている。会えるか会えないかわからなくて、ただ会えますようにと願いながら慶舟の家に向かったあの頃と。慶舟を思う気持ちは五年前と少しも変わっていない――いや、あの頃以上に大きくなっている。

この気持ちはどこまで大きくなるのだろう。不安はまるきりなくて、楽しみばかりを感じている。

トイレから戻り、もう友達と別れていた富岡たちと合流した。浮《うわ》つく心を隠し、次にちなみに勧められて向かったのは、華道部の展示室だった。

「うわ――」

中を覗いた凜太が思わず声を上げた。室内に広がる色鮮やかな生花と、やわらかな甘い香りが視覚と嗅覚《きゅうかく》を同時に刺激する。入口に立つ学生が、ごゆっくりご覧くださいと明るい光が差し込む室内へ促してくれた。

「素敵ですよね、お花。先生方ひとりひとりをイメージして生けてるそうですよ」

そんなちなみの説明に目をやれば、長いテーブルの上に、花が生けられた花器がいくつも並び、それぞれの前に生けた学生たちの名前と花材が記されたカード、対象になった教授陣の写真が置かれていた。

(慶舟さんのもあるかな――)

別に本人がいるわけでもないのに、なんとなくどきどきしつつ探す。少しして、あ、と反対側のテーブルを見ていた富岡が声を上げた。

「凜太!」

心なしか顔を紅潮させて富岡が手招きする。凜太が急ぎ足でそちらに向かうと、これこれ、と富岡が慶舟の写真を指さした。

「叔父さんだろ？　すげー、こりゃマジカッコいいわ」

感心したように口にする富岡の隣に立つちなみも、蕩《とろ》けそうな表情を花と写真に向けている。

「北邑先生のイメージそのものだ……、素敵なお花」

凜太たちの前に生けられているのは、長い数本のカラーを主にして、根本に薄いブルーの花をあしらった、凜とした涼やかさを感じさせる作品だった。

「ぴったりー。北邑先生はやっぱりこういうクールで知的な感じがする」

花の前でしみじみとちなみがひとりごち、ですよね、と同意を求めるように凜太を見た。忍と亮介に見せるために携帯を構えていた凜太が、そうだねとちなみに頷いてみせる。けれど本当は心の中で、なんとも言えない微妙な違和感を覚えていた。

――この花のすっきりとした雰囲気は確かに慶舟そのものだ。でも何か少しだけ違う気がする。なんだろう、何が違うんだろう――花を睨《にら》んで考えていたら、いきなり室内にざわめきが起こり、直後に、みつけた、と馴染みのある声が耳元で響いた。

「え」

どきんと心臓を跳ねあがらせ、凜太がぱっと振り向いた。

凜太のすぐ後ろにいたのは、ずっと凜太の心を占《し》めている人物――慶舟だった。うっすらと笑みを浮かべ、慈《いつく》しむようなまなざしを凜太に投げかけてくる。

「……、びっくりした」

どくどくと鼓動を逸《はや》らせたまま呟いた。会いたいと願ってはいても、まさかこうして会えるとは思っていなかったし、そんな偶然を期待してはいけないと戒《いまし》めてもいた。そのひとが突然目の前に現れて、驚きと嬉しさが混ざり合い、猛スピードで全身を駆けめぐりだす。

スーツ姿の慶舟は見慣れているはずなのに、なぜかいつにも増して格好良くみえた。そして非日常の場面で会うと、ときめきが倍増してしまうものらしいと初めて知った。

「どうしたの――、慶舟さんも見学？」

顔が赤くなっていそうで、それをごまかそうと早口で問いかけた凜太に、慶舟がからかうような表情を投げかけてきた。

「講師室の前の廊下から、玄関に入るところが見えたから」

小声でさらりと告げて、鷹揚《おうよう》に微笑《ほほえ》んだ。その面持《おもも》ちには、涼しさの中に温《あたた》かさが滲《にじ》んでいるようにみえた。

もしかしたら自分が大学の中に入る姿を見かけて、それで今まで探してくれていたんだろうか――さっきの女の子たちが、慶舟を見かけたと言っていたのを思い出す。凜太の胸にじんと熱い思いがこみ上げてくる。

好きだ――こんなちいさな出来事で、愛《いと》しさがとめどなく跳ね上がってぐんぐん膨《ふく》らんでいく。

このままふたりきりになりたいと、叶《かな》う訳がないことを望みかけていた凜太を、先生、と弾んだ高い声がぐいと現実に引き戻した。

「見に来てくれたんですか。ありがとうございます」

華道部の部員なのか、室内にいた学生数人が慶舟のそばに来て取り囲む。

「先生のお花、すごく素敵ですよね。イメージ通りだって大評判なんですよ」

「ほかのお花も見ていってくださいね」

学生たちが盛り上がり、見れたらなと慶舟がさらりと受け流した。

「ひどーい、ちゃんと全部見ていってくださいよぅ」

慶舟のつれない対応は慣れているのか、抗議はしても、彼女たちから落ち込んだり、気を悪くしたりしている様子は窺《うかが》えない。そんな教え子たちに慶舟は冷静で、そのくせ温かな態度で向き合っている。叔父でも恋人でもない、講師としての慶舟はいつもより知的な雰囲気を漂わせていて、けれど他人を寄せ付けないような冷たさはなかった。学生たちを見守る瞳には慈愛が込められている。

（……なんか変だ——）

急に心の中がもやもやして、凜太は軽く唇を噛んだ。

ここに来たのは、普段家では見られない、講師としての慶舟の姿を一瞬でも見たかったからだ。その念願が叶って嬉しいはずなのに、慶舟と親しげにやり取りをする学生たちへの羨ましさも覚えてしまう。自分のもの――このひとは自分だけのものだと訴《うった》えたくなる。

(馬鹿かおれ――)

身勝手な感情に振り回されている自分に情けなさを覚えていると、すみません、と不意に呼びかけられ、凜太がふっと振り向いた。見知らぬ女子学生が、顔を赤らめて凜太のそばに立っていた。

「あの、先生のお知り合いですか」

「静かに」

慶舟の低く、よく通る声が響いたのは、彼女の言葉が終わらないうちだった。

「いいか、今日は一般のお客様も見えてるんだ。俺のことはいいから、お客様をきちんと案内しなさい。それといくらお祭りでもはしゃぎすぎるな。英蘭の品位を落とすような振る舞いをしないようにって学長に言われてるんだろう」

凜とした口調で諭《さと》され、声高に騒いでいた彼女たちがはっとしたように口を噤《つぐ》んだ。それから、はい、と素直に全員が返事をする。それを見て、慶舟がふっと微笑んだ。

「――よし、それでこそ俺の教え子だ」

そう慶舟が呟いた途端、彼女たちの頬がそれまでとは違う赤味を帯びたのが見て取れた。名残惜《なごりお》しそうに学生たちが慶舟のまわりからぱらぱらと離れていくと、慶舟はひとつ息をついて凜太を見た。

「じゃあな、ゆっくりしていけ」

「え、もう行くの？」

咄嗟《とっさ》にそう声を上げてから、自分がいてはまた今のようになると慶舟が考えてのことだと気付き、凜太はそこで口を噤んだ。そんな凜太の思いを察したのか、慶舟がおだやかな微笑みを浮かべた。それから富岡に向き直る。

「富岡くん？　凜太がいつもお世話になってます」

阿《おもね》ることはない、悠然とした面持ちで慶舟が富岡に声をかける。静かな迫力に呑まれたのか、いえそんな、と富岡が心持ち緊張した様子で首を振った。

「凜太とこれからも仲良くしてやってください」

丁寧な依頼に、はい、と富岡が背を伸ばしてきっちりと返事をした。続けて慶舟が富岡の隣に立つちなみに視線を向ける。

「きみはうちの学生？」

突然尋ねられ、そうです、とちなみが目を見開いて頷いた。

「いいね、お似合いのカップルだ」

おだやかに口にし、慶舟がすっと教室を出ていく——凜太に優しい一瞥《いちべつ》を残して。

その後ろ姿をせつなさ混じりのいとおしさを抱いて凜太は見送った。離れたくない、追いかけたい――家に帰ればいくらでも一緒にいられるのに、離れがたさがどんどん募っていく。

それにしても慶舟が自分から富岡たちに挨拶をしてくれるなんて、まるで思ってもみなかった。基本的に年下相手に頭を下げたりしないような慶舟があんな対応をしてくれたのは、間違いなく自分のためだと思う。そんなことから慶舟の愛情が伝わってくるような気がするのは、自分のうぬぼれだろうか――？

ぼんやりと思っていたら、うわあ、とちなみの気の抜けたような呟きが聞こえてきた。

「……どうしよう、北邑先生と話しちゃった……っ！」

そう口にするちなみの顔がとてつもなく赤い。おう、と頷く富岡に嫉妬《しっと》の色は窺《うかが》えなかった。

「いやあ、わかるひとにはちょっとの時間でもわかるんだなあ。お似合いのカップルかー」

頭を掻《か》き、富岡がでれでれと鼻の下を長くする。そんな恋人を見て、ふふ、とちなみが幸せそうに微笑んだ。その様子に温かな気持ちになりながら、凜太はまだ見ていない花を眺《なが》めた。

それでも心は慶舟に向いている。無性に慶舟の顔が見たい――そばにいたい。あのまなざしをほかの誰かにではなく、自分だけに向けてほしい。……会いたい。

「――ごめん」

華道部の展示を見終えて廊下に出た瞬間、凜太が声にした。え、と一歩前を歩いていた富岡とちなみが振り返る。

「悪い、おれ今日はこれで。明日苫小牧《とまこまい》に行くんだけど、母さんに大通《おおどおり》で買い物頼まれてたのすっかり忘れてた」

凛太の言葉に、ちなみがたちまち残念そうな表情になった。

「買い物、明日じゃ駄目なんですか？」

「朝イチで札幌《さっぽろ》出るから、明日じゃ間に合わないんだ。ホントごめん」

苫小牧に行くのは本当だけれど、慶舟の車でだから時間の縛《しば》りはないし、桃子《ももこ》に買い物を頼まれてもいない。嘘をつくことに気が引けたものの、今はどうしても会いたいひとがいた。それじゃ仕方がないか、と富岡がちなみと顔を見合わせた。

「来年はゆっくり回ってくださいね。それと北邑先生によろしく伝えてください」

ちなみが力強い笑顔で言って、うん、と凛太が頷いた。

「じゃあな、お似合いのカップル」

別れ際、凛太が笑って手を振ると、やめろよ、と嬉しげに富岡が返す。

幸せなオーラを漂わせるふたりと別れ、賑わう通路を抜け、凛太は階段へ向かった。目指すフロアは三階上――五階にある講師室だ。とてつもない愛しさと独占欲に突き動かされるまま、一段飛ばしで階段を上がる。

数十秒で辿《たど》りついた五階は今日は使われていないのか、廊下の照明も落とされ、しんと静まり返っていた。人がいる気配はない。

慶舟はここにはいないんだろうか――大学祭のときは別の場所にいるか、それとももう帰ってしまったのかもしれないと、そんな考えが今さら頭をかすめた。それにもしいたとしても、何か仕事をしている可能性だってあるし、誰かが来ていたりすることもあるかもしれない。

迸《ほとばし》る感情だけに押されてここまで来てしまったことに後悔と反省をしたけれど、会いたい気持ちは消せなかった。もし少しでも会える可能性があるのだとしたら、それを逃したくない。都合が悪いようなら、一瞬だけ顔を見てすぐに帰ろう。もし慶舟がもういなければ、急いで家に向かおう。

自分に都合よく取り決めて、凛太は薄暗い廊下を歩いた。三つドアを過ぎて四つ目に、「北邑慶舟」と記されたプレートをみつけた。

（ここだ——）

ここが慶舟の部屋——とくんと心臓が跳ねた。緊張するような関係ではないのに、なぜか鼓動が速くなる。

慶舟はどんな顔で迎えてくれるだろう。喜んでくれるか、それとも職場に踏み込まれて迷惑がるか。今になって一瞬迷ったけれど、会いたい気持ちが勝った。

ひとつ深呼吸をして、ノックした。どうぞ、と静かな答えがドアの向こうから返ってくる。一拍間をおき、失礼します、と凛太がドアを開けた。

「——お」

机に向かっていた慶舟が凛太の姿を見て意外そうな声を上げた。

「ごめん、今大丈夫？」

そろそろと訊いた凜太に、平気だと返事をして、中に入るように促した。

六畳ほどの室内の壁は本棚でふさがれ、机の上にも本や書類が積み重なっている。家の慶舟の部屋と同じような程よい雑然さからよそよそしさは少しも感じられなくて、なんとなくほっとした。

「友達は？　下で待ってるのか」

万年筆のキャップを閉め、慶舟が立ち上がってのんびりと尋ねてくる。

「別れてきた」

短い答えを聞き、慶舟は凜太の前でからかうように目を細めた。

「なんだ、晩飯食べてくるんじゃなかったのか？　熱々カップルにのろけられて疲れたか」

「そうじゃないけど。……慶舟さんに会いたくて」

恥ずかしさをこらえてぽそりと凜太が放った呟きに、慶舟が重々しく眉《まゆ》を寄せた。

「――奇遇だな。実は俺もどうにかして凜太をあそこから連れ出せないか考えてた」

次の瞬間、茶化しているような、それでいて真実味が感じられる告白を、凜太は慶舟の腕の中で聞いた。確かなぬくもりが凜太の体と心を優しく包み込む。

「おかしな話だな。ずっと家の中で一緒にいるのに、外でもそばにいたいと思うなんて」

凜太の髪に唇を寄せ、慶舟がささやく。

「……奇遇でもおかしい話でもないよ」

凛太が小声で返すと、え、と慶舟が怪訝《けげん》そうな声をもらした。

「だっておれ、慶舟さんのこと大好きだし。――慶舟さんだっておれのこと好きでしょ？」

なんてね、と結ぼうとした言葉は、声に出せずに終わってしまった。慶舟の唇が凛太の唇をふさいでいた。

「ん――っ」

こんなところでしていいことじゃない――凛太が慌てて唇を離し、慶舟の腕から抜け出そうとする。なのに慶舟は凛太をきつく抱き締めたまま、離そうとしなかった。慶舟さん、と小声で抗《あらが》った凛太の耳元で慶舟がふっと息を吐いた。

「……食われないで良かった」

「え？」

ぽそりとささやかれた言葉の意味がわからなかった。戸惑う凛太に、学生に、と慶舟が短く続け、あ、と凛太がちいさな声を上げた。

「そんなわけないじゃん、おれなんか誰も狙《ねら》わないよ。慶舟さん、心配しすぎ」

苦笑いして返すと、あのなあ、と慶舟の不機嫌な声が戻される。

「そんなわけ大アリだっての。華道部の展示でも、学生たちちらちら凛太を見てたろ」

「まさか。慶舟さんを見てたんじゃない？」

いや、と慶舟が否定する。それから凛太の肩にこつんと額を載せた。

「……凛太が俺以外に靡《なび》かないってわかってるけど、それでもやっぱり少しは不安なんだよ」

「どうしてそんな――」

思いがけない弱音を聞いて凛太が困惑したものの、すぐに思い当たった――もともとストレートの自分が、同年代の女子がたくさんいる環境に入ったら、ひょっとしてほんの少しでも心を揺るがすのではないかと、慶舟なりに心配していたんじゃないのか――平然とした顔の下で、実は不安を感じていたんじゃないのか――？　そう思った瞬間、胸がきゅうっと甘く締め付けられた。愛されている――慶舟にそれほど思われている。

そして慶舟も自分と同じなのだとわかった。自分だけを見ていてほしい、そう願う気持ちは多分ふたりとも一緒。

「――おれは慶舟さんのことしか見てないよ。……慶舟さんもおれ以外見ないで？」

こんなわがままもきっと慶舟は受け入れてくれる――そう信じて口にした。当たり前だ、と即座に強い響きが返された。

「凛太だけだ。俺には凛太しかいない」

そうささやいた慶舟の舌が、凛太の口の中に入り込んでくる。舌と舌が絡み、凛太の喉が鳴った。

（――あ）

その瞬間、突然気が付いた。華道部の慶舟をイメージした花に覚えた違和感――慶舟に合う色は水色じゃない。赤だ――情熱と激しさを感じさせる色。確かに慶舟は一見涼しげだけれど、その内にとてつもない熱を抱えている。

それを実感させるキスに陶然としかけていた凜太が、ふと我に返って慌てて顔を離した。くちづけの濃度はとてもキスだけで終わるとは思えないものになっていた。

「どうした？」

訝《いぶか》しむ慶舟を見上げ、凜太が濡れた口元を拭《ぬぐ》って声にする。

「……駄目だよ、ここはそういうことしちゃ駄目なところ」

ぐらつく自分の理性に言い聞かせるように論《さと》した凜太を見て、慶舟が笑う。

「さすが二十歳、大人だな」

「だって慶舟さんの大事な仕事場だろ。神聖な場所じゃん」

訥々《とつとつ》と言った凜太に、そうだな、と慶舟が深い愛に満ちたまなざしを向けて、ジャケットを羽織った。

「じゃあ大事な家に帰るか」

「仕事は？」

「今日はない。――凜太といられるかと思って来ただけだから」

思わず抱き付きたくなるような言葉を放った恋人を、照れ隠しで弱く睨む。

「……ここでそういうこと言われるとすごく困る」

「英蘭の品位を落とすようなことをしたくなる?」

真顔でからかわれ、うん、と素直に頷くと、慶舟がたまらなさげに凜太を引き寄せ、こめかみにくちづけた。

「どんなことをしてくれる? 家に着くのが楽しみだ」

喉元で笑う慶舟を肘《ひじ》で小突く。

明日苫小牧へ行けるかな——甘い不安を感じながら、凜太は慶舟と部屋の扉を開けた。

あとがき

AFTERWORD

——桜木知沙子——

こんにちは。この度《たび》はこの本をお手に取っていただきまして、ありがとうございました。ご無沙汰《ぶさた》しておりましたが、お変わりありませんでしたでしょうか。

さて、一体どれだけの「ご無沙汰しております」状態だったかと言えば、ななんと丸二年でした！　わかってはいたことでも、こうして改めて文字にしてみると自分でもびっくりです。もともとただでさえ私のことを知ってくださっているかたは少ないというのに、これだけ間が空《あ》いて、誰だこいつ感を思いきり漂《ただよ》わせてしまっているに違いないとびくびくしています。

この二年、今回のお話の雑誌掲載分を書かせていただいたり、ＴＬで一冊出していただいたりしたものの、それ以外は何をしていたんだろうと振り返ってみると、ひたすら日々のあれこれにドタバタと追われ、そうこうしているうちに時速何キロですか的ガクブルなスピードで月日が流れていき……。しかし自分としては一年経《た》ったくらいの感覚なのがまたコワいです。

そしてそれだけの期間があればいろんな出来事があって、あとがきの話題に困ることはない気がするのに、取り立てて書けるようなことは何もなかったというこの悲しさ。くどいようですが二年もあったのに！　しかしそんな枯れた生活を送っていても、萌えは心の潤《うるお》いになりました。やっぱり好きなものがあるっていいな、としみじみと実感する毎日でした。

ちなみにその変わらない日々の中、変わったものは私の体。もちろんというか残念ながらというか、いいほうへ、ではありません。ダイエットに成功して超絶くびれを手に入れましたとか、肌年齢十八歳になりましたとか言えたら幸せなのに、現実は食べ過ぎたあと体重がなかなか戻りませんとか、目元の皺《しわ》がどんどん増えていきますとかで、なんともせつない感じです。

その中でも一番は目！　私は昔から目が悪くて、常《つね》に眼鏡《めがね》かコンタクトが欠かせないほどです。なので物が見にくい状態というのは慣れているのですが、この一年くらい前から、今までとは違う見づらさを感じるようになりました。近いものがなんとなくぼやけて、眼鏡を外すとよく見えるという……。これはもしやとふっといやな予感が頭を掠《かす》めたものの、乱視が進んじゃったのかなアハハハハと無理やり思って過ごしていたら、同い年の友人から、この頃小さい字が見づらくて眼鏡を作り直しに行ったら老眼だったと悲しげな報告が。それを聞き、じ、実は私も最近近ければ近いほど字が見づらいんだけどと話してみると、なんとなく嬉しそうに、眼科に行っておいでと勧められました。いやでも疲れ目かもしれないしと抵抗していたのですが、見えにくさには逆らえず、先日ついに眼科を受診してきました。そうしたら先生がにこやかにひとこと、お年頃ですね！　と。……ですよねー、そういう年代ですよねー。抗《あらが》ってもどうしようもない、逃げられないものは逃げられないんですよね。というわけで、これからはいろんなことを素直に受け入れて生きていこうと決めました。贅肉《ぜいにく》も皺もどーんと来い！　……と言いつつ、出来ればほどほどがいいなあ、というのが本音です（笑）。

最後になりましたが、この本を出していただくにあたり、いつものことながらたくさんの方々にお力添えをいただきました。心よりお礼申し上げます。

担当様をはじめとする編集部の皆様、日々ご迷惑のかけ通しで申し訳ありません。毎回書かせていただくたびに、次こそは頑張ろうと思うのですが、その決意がなかなか実現できず、不甲斐《ふがい》ないばかりです。

お忙しい中イラストをお引き受けくださいましたキタハラリイ様。ため息がこぼれるような美しい挿絵《さしえ》を、どうもありがとうございました。すべてが丁寧で繊細《せんさい》で眩《まば》ゆくて、私の話などにもったいないと申し訳なく思いながらも、描いていただけて、とてもとても幸せでした。

そしてこの本をお手に取ってくださったかたに、改めて感謝を申し上げます。本当にありがとうございました。なんともスローペースかつ空回《からまわ》りぎみな二組の恋模様、お気に召していただけるところがあればものすごく嬉しいです。生意気ですが、ほんのひとしずくでも、読んでくださったかたの心の潤いになって、明日も頑張ろうと思っていただけたりしたら、書き手としてこの上ない喜びです。

それではそろそろ季節の変わり目、どうぞお体を大切にお過ごしくださいね。

また、お会いできますように。

二〇一七年　八月

桜木　知沙子

この本を読んでのご意見、ご感想などをお寄せください。
桜木知沙子先生・キタハラリイ先生へのはげましのおたよりもお待ちしております。

〒113-0024　東京都文京区西片2-19-18　新書館
[編集部へのご意見・ご感想] ディアプラス編集部「家で恋しちゃ駄目ですか」係
[先生方へのおたより] ディアプラス編集部気付　〇〇先生

- 初出 -
家で恋しちゃ駄目ですか：小説DEAR+2017フユ号（vol.64）
みつめていてもいいですか：書き下ろし
会いに行ったら駄目ですか：書き下ろし

[いえでこいしちゃだめですか]
家で恋しちゃ駄目ですか

著者：**桜木知沙子** さくらぎ・ちさこ

初版発行：2017年9月25日

発行所：株式会社 新書館
[編集] 〒113-0024
東京都文京区西片2-19-18　電話（03）3811-2631
[営業] 〒174-0043
東京都板橋区坂下1-22-14　電話（03）5970-3840
[URL] http://www.shinshokan.co.jp/

印刷・製本：株式会社光邦

ISBN978-4-403-52437-0 ©Chisako SAKURAGI 2017 Printed in Japan

ボーイズラブ

ディアプラス文庫

NOW ON SALE!!

新書館

✤安西リカ《あんざい・りか》

好きって言いたい イラスト おおやかずみ
好きで、好きで イラスト 木下けい子
恋みたいな、愛みたいな 好きで、好きで2 イラスト 木下けい子
何度でもリフレイン イラスト 小椋ムク
初恋ドローイング イラスト みろくことこ
ビューティフル・ガーデン イラスト 夏乃あゆみ
人魚姫のハイヒール イラスト 伊東七つ生
恋の傷あと イラスト 高久尚子
ふたりでつくるハッピーエンド イラスト 金ひかる

✤一穂ミチ《いちほ・みち》

雪よ林檎の香のごとく イラスト 竹美家らら
オールトの雲 イラスト 木下けい子
はな咲く家路 イラスト 松本ミーコハウス
Don't touch me イラスト 高久尚子
さみしさのレシピ イラスト 北上れん
ハートの問題 イラスト 三池ろむこ
シュガーギルド イラスト 小椋ムク
meet,again. イラスト 竹美家らら
ムーンライトマイル イラスト 木下けい子
バイバイ、ハックルベリー イラスト 金ひかる
ノーモアベット イラスト 二宮悦巳
甘い手、長い腕 イラスト 雨隠ギド
ワンダーリング イラスト 二宮悦巳
イエスかノーか半分か イラスト 竹美家らら
世界のまんなか イエスかノーか半分か2
おうちのありか イエスかノーか半分か3 イラスト 竹美家らら
さよなら一顆 イラスト 草間さかえ
ひつじの鍵 イラスト 山田2丁目
横顔と虹彩 イエスかノーか半分か番外篇 イラスト 竹美家らら

✤岩本 薫《いわもと・かおる》

プリティ・ベイビィズ①～③ イラスト 麻々原絵里依
スパイシー・ショコラ～プリティ・ベイビィズ～
ホーム・スイートホーム～プリティ・ベイビィズ～ イラスト 麻々原絵里依

✤可南さらさ《かなん・さらさ》

カップ一杯の愛で イラスト カワイチハル

✤華藤えれな《かとう・えれな》

愛のマタドール イラスト 葛西リカコ
裸のマタドール イラスト 葛西リカコ
飼育の小部屋～監禁チェリスト～ イラスト 小山田あみ
甘い夜伽 愛の織り姫 イラスト 小椋ムク

✤川琴ゆい華《かわこと・ゆいか》

恋にいちばん近い島 イラスト 小椋ムク

✤柊平ハルモ《くいびら・はるも》

恋々 イラスト 北沢きょう
終われない恋 イラスト あさとえいり
身勝手な純愛 イラスト 駒城ミチヲ
ひとめぼれ王子さま イラスト 駒城ミチヲ

✤久我有加《くが・ありか》

キスの温度 イラスト 蔵王大志
光の地図 キスの温度2 イラスト 蔵王大志
長い間 イラスト 山田睦月
春の声 イラスト 藤崎一也
スピードをあげろ イラスト 藤崎一也
何でやねん！ 全2巻 イラスト 山田ユギ
無敵の探偵 イラスト 蔵王大志
落花の雪に踏み迷う イラスト 門地かおり（※定価630円）
わけも知らないで イラスト やしきゆかり
短いゆびきり イラスト 奥田七緒
ありふれた愛の言葉 イラスト 松本 花
明日、恋におちるはず イラスト 一之瀬綾子
あどけない熱 イラスト 樹 要
月も星もない イラスト 金ひかる（※定価630円）
月よ笑ってくれ 月も星もない2 イラスト 金ひかる
恋は甘いかソースの味か イラスト 街子マドカ
それは言わない約束だろう イラスト 桜城やや
どっちにしても俺のもの イラスト 夏目イサク
不実な男 イラスト 富士山ひょうた
簡単で散漫なキス イラスト 高久尚子
恋は愚かというけれど イラスト RURU
君を抱いて昼夜に恋す イラスト 麻々原絵里依
いつかお姫様が イラスト 山中ヒコ
普通ぐらいに愛してる イラスト 橋本あおい
恋で花実は咲くのです イラスト 草間さかえ
青空へ飛べ イラスト 高城たくみ
わがまま天国 イラスト 楢崎ねねこ
青い鳥になりたい イラスト 富士山ひょうた
海より深い愛はどっちだ イラスト 阿部あかね
ポケットに虹のかけら イラスト 陵クミコ
頬にしたたる恋の雨 イラスト 志水ゆき
魚心あれば恋心 イラスト 文月あつよ
思い込んだら命がけ！ イラスト 北別府ニカ
恋するソラマメ イラスト 金ひかる
恋の押し出し イラスト カキネ
におう桜のあだくらべ イラスト 佐々木久美子
君が笑えば世界も笑う イラスト 佐倉ハイジ
もっとずっときっと笑って イラスト 佐倉ハイジ
華の命は今宵まで イラスト 花村イチカ
嘘つきと弱虫 イラスト 木下けい子
幸せならいいじゃない イラスト おおやかずみ
酸いも甘いも恋のうち イラスト 志水ゆき
あの日の君と、今日の僕 イラスト 左京亜也
片恋の病 イラスト イシノアヤ

✤栗城 偲《くりき・しのぶ》

恋愛モジュール イラスト RURU
スイート×リスイート イラスト 金ひかる
君の隣で見えるもの イラスト 藤川桐子
素直じゃないひと イラスト 陵クミコ
ダーリン、アイラブユー イラスト みずかねりょう
いとを繋いだその先に イラスト 伊東七つ生
恋に語るに落ちてゆく イラスト 樹 要
君しか見えない イラスト 木下けい子
家政夫とパパ イラスト Ciel

✤小林典雅《こばやし・てんが》

たとえばこんな恋のはじまり イラスト 秋葉東子
執事と画学生、ときどき令嬢 イラスト 金ひかる
藍苺畑でつかまえて イラスト 夏目イサク
素敵な入れ替わり イラスト 木下けい子
あなたの好きな人について聞かせて イラスト おおやかずみ
デートしようよ イラスト 麻々原絵里依
国民的スターに恋してしまいました
国民的スターと熱愛中です イラスト 佐倉ハイジ
武家の初恋 イラスト 松本 花
ロマンス、貸します イラスト 砧 菜々

✤桜木知沙子《さくらぎ・ちさこ》

現在治療中 全3巻 イラスト あとり硅子
HEAVEN イラスト 麻々原絵里依
あさがお～morning glory～ 全2巻 イラスト 門地かおり
サマータイムブルース イラスト 山田睦月
愛が足りない イラスト 高野宮子
教えてよ イラスト 金ひかる
どうなってんだよ？ イラスト 麻生 海
双子スピリッツ イラスト 高久尚子（※定価651円）

メロンパン日和 イラスト藤川桐子
好きになってはいけません イラスト夏目イサク
演劇どうですか？ イラスト吉村
札幌の休日 全4巻 イラスト北沢きょう
東京の休日 全2巻 イラスト北沢きょう
夕暮れに手をつなぎ イラスト青山十三
恋をひとかじり イラスト三池ろむこ
友達に求愛されてます イラスト佐倉ハイジ
特別になりたい イラスト陵クミコ
家で恋しちゃ駄目ですか イラストキタハラリイ

✤菅野 彰《すがの・あきら》

眠れない夜の子供 イラスト石原 理
愛がなければやってられない イラストやまかみ梨由
17才 イラスト坂井久仁江
恐怖のダーリン♡ イラスト山田睦月
青春残酷物語 イラスト山田睦月
なんでも屋ナンデモアリ アンダードッグ ①② イラスト麻生 海
小さな君の、腕に抱かれて イラスト木下けい子
レベッカ・ストリート イラスト珂式之二カ
泣かない美人 イラスト金ひかる
おまえが望む世界の終わりは イラスト草間さかえ
華客の鳥 イラスト珂式之二カ

✤砂原糖子《すなはら・とうこ》

斜向かいのヘブン イラスト依田沙江美
セブンティーン・ドロップス イラスト佐倉ハイジ
純情アイランド イラスト夏目イサク（※定価651円）
204号室の恋 イラスト藤井咲耶
言ノ葉ノ花 イラスト三池ろむこ
言ノ葉ノ世界 イラスト三池ろむこ
言ノ葉ノ使い イラスト三池ろむこ
恋のはなし イラスト高久尚子
恋のつづき 恋のはなし② イラスト高久尚子
虹色スコール イラスト佐倉ハイジ
15センチメートル未満の恋 イラスト南野ましろ
スリープ イラスト高井戸あけみ
スイーツキングダムの王様 イラスト二宮悦巳

セーフティ・ゲーム イラスト金ひかる
恋惑星へようこそ イラスト南野ましろ
恋愛できない仕事なんです イラスト北上れん
愛になれない仕事なんです イラスト北上れん
恋はドーナツの穴のように イラスト宝井理人
恋じゃないみたい イラスト小鳩めばる
全寮制男子校のお約束事 イラスト夏目イサク
恋煩い イラスト志水ゆき
リバーサイドベイビーズ イラスト雨隠ギド
世界のすべてを君にあげるよ イラスト三池ろむこ
毎日カノン、日日カノン イラスト小椋ムク

✤月村 奎《つきむら・けい》

believe in you イラスト佐久間智代
Spring has come! イラスト南野ましろ
step by step イラスト依田沙江美
もうひとつのドア イラスト黒江ノリコ
秋霖高校第二寮 全3巻 イラスト二宮悦巳
エンドレス・ゲーム イラスト金ひかる（※定価682円）
エッグスタンド イラスト二宮悦巳
きみの処方箋 イラスト鈴木有布子
家賃 イラスト松本 花
WISH イラスト橋本あおい
ビター・スイート・レシピ イラスト佐倉ハイジ
秋霖高校第二寮リターンズ 全3巻 イラスト二宮悦巳
レジーデージー イラスト依田沙江美
CHERRY イラスト木下けい子
恋を知る イラスト金ひかる
おとなり イラスト陵クミコ
ブレッド・ウィナー イラスト木下けい子
すき イラスト麻々原絵里依
恋愛☆コンプレックス イラスト陵クミコ
不器用なテレパシー イラスト高星麻子
嫌よ嫌よも好きのうち？ イラスト小椋ムク
teenage blue イラスト宝井理人
50番目のファーストラブ イラスト高久尚子
恋する臆病者 イラスト小椋ムク
すみれびより イラスト草間さかえ
Release イラスト松尾マアタ

遠回りする恋心 イラスト真生るいす
恋は甘くない？ イラスト松尾マアタ

✤椿姫せいら《つばき・せいら》

この恋、受難につき イラスト猫野まりこ

✤鳥谷しず《とりたに・しず》

スリーピング・クール・ビューティ イラスト金ひかる
流れ星ふる恋がふる イラスト大槻ミゥ
恋の花ひらくとき イラスト香坂あきほ
恋色ミュージアム イラストみずかねりょう
新世界恋愛革命 イラスト周防佑未
神の庭で恋萌ゆる イラスト宝井さき
その兄弟、恋愛不全 イラストCiel
契約に咲く花は イラスト斑目ヒロ
恋よ、ハレルヤ イラスト佐々木久美子
探偵の処女処方箋 イラスト金ひかる
溺愛スウィートホーム イラスト橋本あおい
お試し花嫁、片恋中 イラスト左京亜也

✤名倉和希《なくら・わき》

はじまりは窓でした。 イラスト阿部あかね
耳たぶに愛 イラスト佐々木久美子
戸籍係の王子様 イラスト高城たくみ
夜をひとりじめ イラスト富士山ひょうた
ハッピーボウルで会いましょう イラスト夏目イサク
神さま、お願い～恋する狐の十年愛～ イラスト陵クミコ
愛の一筆書き イラスト金ひかる
手をつないでキスをして イラストCiel
恋の魔法をかけましょう イラストみずかねりょう
恋のプールが満ちるとき イラスト街子マドカ

✤凪良ゆう《なぎら・ゆう》

ニアリーイコール イラスト二宮悦巳

✤ひのもとうみ《ひのもと・うみ》

きみは明るい星みたいに イラスト梨とりこ

✤ひちわゆか《ひちわ・ゆか》

少年はKISSを浪費する イラスト麻々原絵里依
ベッドルームで宿題を イラスト二宮悦巳

十三階のハーフボイルド① イラスト麻々原絵里依（※定価620円）

✤宮緒 葵《みやお・あおい》

奈落の底で待っていて イラスト笠井あゆみ

✤夕映月子《ゆえ・つきこ》

天国に手が届く イラスト木下けい子
てのひらにひとつ イラスト三池ろむこ
京恋路上ル下ル イラストまさお三月
王様、お手をどうぞ イラスト周防佑未
恋してる、生きていく イラストみずかねりょう

✤渡海奈穂《わたるみ・なほ》

甘えたがりで意地っ張り イラスト三池ろむこ
ロマンチストなろくでなし イラスト夏乃あゆみ
神さまと一緒 イラスト窪スミコ
マイ・フェア・ダンディ イラスト前田とも
夢は廃墟をかけめぐる☆ イラスト依田沙江美
恋になるなら イラスト富士山ひょうた
さらってよ イラスト麻々原絵里依
正しい恋の悩み方 イラスト佐々木久美子
手を伸ばして目を閉じないで イラスト松本ミーコハウス
ゆっくりまっすぐ近くにおいで イラスト金ひかる
兄弟の事情 イラスト阿部あかね
恋人の事情 兄弟の事情2 イラスト阿部あかね
未熟な誘惑 イラスト二宮悦巳
たまには恋でも イラスト佐倉ハイジ
カクゴはいいか イラスト三池ろむこ
夢じゃないみたい イラストカキネ
その親友と、恋人と。 イラスト北上れん
恋でクラクラ イラスト小鳩めばる
いばらの王子さま イラストせのおあき
厄介と可愛げ イラスト橋本あおい
絡まる恋の空回り イラスト斑目ヒロ
運命かもしれない恋 イラスト草間さかえ
ご主人様とは呼びたくない イラスト栖山トリ子
俺のこと好きなくせに イラスト金ひかる
さよなら恋にならない日 イラストみずかねりょう
かわいくしててね イラスト三池ろむこ

ウィングス文庫

「女に生まれてみたものの。」イラスト:雁須磨子

菅野 彰×立花実枝子
Akira SUGANO×
Mieko TACHIBANA
「あなたの町の生きてるか死んでるかわからない店探訪します」

清家あきら
Akira SEIKE
「〈運び屋〉リアン&クリス 全2巻」イラスト:山田睦月

(鷹守諫也 改め)
たかもり諫也
Isaya TAKAMORI
「Tears Roll Down 全6巻」イラスト:影木栄貴
「百年の満月 全4巻」イラスト:黒井貴也

津守時生
Tokio TSUMORI
「三千世界の鴉を殺し①〜⑳」
①〜⑧イラスト:古張乃莉(①〜③は藍川さとる名義) ⑨〜⑲イラスト:麻々原絵里依

前田 栄
Sakae MAEDA
「リアルゲーム 全2巻」イラスト:麻々原絵里依
「ディアスポラ 全6巻」イラスト:金ひかる
「結晶物語 全4巻」イラスト:前田とも
「死が二人を分かつまで 全4巻」イラスト:ねぎしきょうこ
「THE DAY Waltz 全3巻」イラスト:金色スイス
「天涯のパシュルーナ①〜④」イラスト:THORES柴本

前田珠子
Tamako MAEDA
「美しいキラル①〜④」イラスト:なるしまゆり

麻城ゆう
Yu MAKI
「特捜司法官S-A 全2巻」イラスト:道原かつみ
「新·特捜司法官S-A 全10巻」イラスト:道原かつみ
「月光界秘譚 全4巻」イラスト:道原かつみ
「月光界·逢魔が時の聖地 全3巻」イラスト:道原かつみ
「仮面教師SJ 全7巻」イラスト:道原かつみ
「人外ネゴシエーター①〜③」イラスト:道原かつみ

松殿理央
Rio MATSUDONO
「美貌の魔都 月徳貴人 上·下巻」イラスト:橘 皆無
「美貌の魔都·香神狩り」

真瀬もと
Moto MANASE
「シャーロキアン·クロニクル 全6巻」イラスト:山田睦月
「廻想庭園 全4巻」イラスト:祐天慈あこ
「帝都·闇烏の事件簿 全3巻」イラスト:夏乃あゆみ

三浦しをん
Shion MIURA
「妄想炸裂」イラスト:羽海野チカ

ももちまゆ
Mayu MOMOCHI
「妖玄坂不動さん〜妖怪物件ございます〜」イラスト:鮎味

結城 惺
Sei YUKI
「MIND SCREEN①〜⑥」イラスト:おおや和美

和泉統子
Noriko WAIZUMI
「姫君返上! 全5巻」イラスト:かわい千草
「花嫁失格!? —姫君返上! 外伝—」
「花嫁合格! —姫君返上! 番外篇—」
「舞姫はじめました 〜恋も奇跡も氷の上〜」イラスト:まち

渡海奈穂
Naho WATARUMI
「夜の王子と魔法の花」イラスト:雨隠ギド
「死にたい騎士の不運〈アンラッキー〉」イラスト:おがきちか